Steinhjerte

Steinhjerte

Amalie Haukelid

Forlag: BoD · Books on Demand, Postboks 354 Sentrum, 0101 Oslo,
bod@bod.no
Trykk: Libri Plureos GmbH, Friedensallee 273, 22763 Hamburg,
Tyskland

ISBN: **978-82-938-7338-9**

Til alle som har følt på det å være annerledes.

Kapittel 1

Det er fredag, klokka slår 13.00 akkurat idet jeg går ut døra på jobb. Sjefen lot meg gå tidlig i dag. Jeg jobber som barista og trives kjempegodt!

På bussen sjekker jeg mobilen, ingen nye meldinger fra Nickolas. Når jeg tenker på ham, kommer jeg på hvor fort tiden går. Vi har vært sammen i snart fire år. Forholdet med Nickolas er det lengste jeg har hatt og jeg er så glad for at det er oss to.

Når bussen plutselig bråstopper blir jeg dratt ut av tankene. Bussjåføren prikker meg på skulderen.

"Her er siste holdeplass, du må gå av bussen."

Jeg reiser meg, sier takk til sjåføren før jeg er ute i den kalde vinden. Når jeg ser meg rundt, kjenner jeg ikke igjen gatene og finner fort ut at jeg har gått av på feil holdeplass. Nå må jeg gå den lange veien hjem.

Når jeg går hjemover slår en tanke meg. Nickolas og jeg har vært sammen lenge nå, hvorfor har han ikke gjort en innsats for at noe mer skal skje? Jeg får en vond klump i magen.

Jeg nærmer meg endelig gata vi bor i og tanker surrer i hodet mitt. Vi har hatt fire år sammen, vi bor sammen, og vi har et stabilt forhold. Likevel føler jeg at vi lenge har stått på stedet hvil. Hvorfor har han ikke tatt det neste steget? Jeg går inn i gårdsplassen til leiligheten vår.

Klumpen i magen er der fortsatt og jeg blir kvalm. Jeg vil ikke la tankene gå dit de er på vei. Når jeg går mot inngangsdøra vår, trekker jeg pusten dypt. I gangen er noe annerledes. Jeg går videre inn i stua og ser meg rundt. Det er noe som ikke stemmer, og klumpen i magen blir enda større.

Når jeg tenker over det, har Nicolas vært fraværende i flere måneder. Han har ikke vært den personen jeg kan gå til med alt lenger, han har heller ikke vært like omtenksom som han pleier å være. Er det min feil? Har han funnet en annen? Jeg går mot badet og åpner døren forsiktig. Kroppen er i helspenn, forberedt på det verste. Overraskende nok er det ingenting som skiller seg ut og jeg setter meg ned på gulvet av lettelse. Tankene tok feil. Nickolas er ikke utro likevel. Men følelsen av at noe er galt ligger fortsatt dypt i magen.

Da ser jeg det. En hårspenne som ligger under vasken, og den er lett å se på grunn av sølvfargen i kontrast til de svarte flisene på badet. Hvorfor ligger det en spenne her? Jeg bruker ikke spenner. Tiden går plutselig saktere, og jeg kjenner en voldsom dunking i hodet. Jeg drar meg forsiktig bort fra vasken. Stemmen i hodet slår alarm og jeg sliter med å puste, klumpen i magen forsvinner ikke. Tankene blir tåke. Jeg ser ingenting gjennom alle tårene som gjør det vanskelig å fokusere. Det tar lang tid før jeg klarer å ta meg sammen og reiser meg opp før jeg går bestemt mot soverommet.

Jeg holder pusten før jeg tar i dørhåndtaket og går inn. Nickolas ligger i senga med armene rundt en jente. Synet gjør at jeg vil falle sammen, men jeg nekter å la Nickolas se meg svak. Jeg går til sengekanten og river av dyna. Først da får jeg en reaksjon. Blikket hans møter mitt og jeg ser at han er livredd.

"Ja vel, hvem er dette?" begynner jeg.

"Viktoria, hva gjør du her"? Er det jeg får tilbake. "Vi har vært sammen i fire år, hva holder du på med?"

Ordene strømmer ut av meg. Når Nickolas ikke svarer, fortsetter jeg. "Hva har jeg gjort som får deg til å være utro? Har de fire årene vi har hatt sammen ikke betydd noe for deg? Hvordan kunne du la alt vi hadde sammen falle i grus, etter alt vi opplevd?".

Nickolas ser på meg som om han har sett ett spøkelse. Jeg holder roen og sier stille. "Om to timer kommer jeg tilbake. Da forventer jeg at du og all dritten din, i tillegg til den nye jenta di, er ute av leiligheten når jeg kommer tilbake. Jeg vil ikke se deg igjen."

Med det smeller jeg igjen døra til leiligheten som ble min over natten, og innser at han aldri kommer tilbake. Jeg har så vondt i hele meg og jeg har ingen anelse om hva jeg skal gjøre. Stedet som en gang var mitt fristed, har nå blitt til et sted jeg misliker utrolig sterkt.

Tankene er et eneste stort kaos, og jeg går til jeg kommer til kinoen ned i byen.

Filmen jeg ender opp med å se, er ferdig ca. klokka 20.00. Kroppen går på autopilot. Tankene ligger og lurer. Hva vil møte meg når jeg går inn døra? Har han reist? Er leiligheten tom? Det føles som om jeg går i søvne og våkner først når beina står plantet utenfor inngangsdøra. Det går opp for meg at det mest sannsynlig vil være tomt når jeg går inn, så jeg trekker pusten dypt og går inn. Døra

9

smeller igjen. Jeg spisser ørene etter lyden av stemmen hans, men hører ingenting. Alt er helt stille. Jeg går ut i stua. Det eneste som er igjen etter Nickolas, er noen bilder av oss som henger igjen på veggen. Med tunge bein går jeg bort til bildene og blir stående en god stund, før jeg knuser rammene og skvetter av lyden som kommer etter. Lukten av parfymen til Nickolas er lett å kjenne når jeg trekker pusten dypt. Stua må ha vært det siste stedet han var før han dro. Tanken gjør at varme tårer triller ned kinnene mine og plutselig hører jeg mine egne hulkelyder fylle leiligheten. Luften i leiligheten blir så tett at jeg må ut herfra. Jeg drar med meg en jakke som henger på knaggen i gangen, og vet ikke om jeg noensinne kommer tilbake hit.

...

På bussen til Oslo prøver jeg å bearbeide hva som har skjedd. Jeg fant Nickolas i seng med en annen jente, slo opp med ham og løp ut døra. Skjedde virkelig det? Jeg kjenner hjertet mitt knuse og sitter plutselig og strigråter på bussen. Det føles som om noen rev ut hjertet mitt fra kroppen, og tråkket på det før jeg fikk det tilbake. Jeg går av bussen med et hode som verker, og jeg klarer ikke å tenke klart. Øynene er festet i bakken når jeg går i gatene, for trøtt til å løfte blikket. Det begynner å bli kaldt, så jeg finner varmen inne i en koselig cafe. Når varmen i kroppen er tilbake, går jeg ut, og prøver å finne ut hva jeg skal gjøre med situasjonen jeg har kommet i. Med fjeset gravd ned i jakka, legger jeg merke til en krøllet lapp på bakken, tar den opp og ser meg rundt etter noen som kan ha mistet den. Ingen leter etter noe, så jeg tar sjansen og åpner den. Det er et festivalpass til en festival som holdes ved operahuset. Datoen viser 7/8 -22 tid: 21:30. Jeg sjekker mobilen, det er datoen i dag! Plutselig kjenner jeg trykket i hodet avta litt. Nå kan jeg prøve å tenke på noe annet enn Nickolas en liten stund. Når jeg kommer fram til operahuset, er det en kø jeg hverken ser starten eller slutten på, men jeg stiller meg bak en middels høy mann og følger køen som går sakte fremover.

Etter jeg har stått i en nesten stillestående kø i over en time, er det endelig min tur til å gå inn på festivalen. Nervøsiteten i kroppen øker når sikkerhetsvakten foran åpningen sier tydelig
"Festivalpass!"
Jeg blir stående i min egen boble helt til jeg hører sikkerhetsvakten heve stemmen når han fortsetter.
"Har du ikke festivalpass kommer du ikke inn her, beklager."
Blikket mitt treffer bakken. Tankene stopper helt opp. Jeg roter rundt i lommene på jakka mi, og slipper pusten rolig ut når jeg finner festivalpasset. Jeg bretter ut festivalpasset og gir det til sikkerhetsvakten. Han ser skeptisk på meg, men lar meg gå inn på området. Lettet ser jeg meg rundt på festivalområdet og prøver å finne ut hvor jeg skal gå.

Noen dulter borti meg i full fart og jeg detter ut av tankene mine. En gutt med kastanjebrune øyne ser overrasket på meg.
"Unnskyld, det var ikke meningen."
Han kan ikke være mer enn et år eldre enn meg. Gutten hjelper meg opp og jeg ser at han er flau.
"Det går fint, ikke tenk på det."
Vi slår følge lenger inn på festivalen og følger etter menneskene som samler seg rundt den store scenen for å se bedre.

Nå står vi midt i et hav av folk, og jeg retter blikket mot scenen når alle blir stille, og navnet på en artist jeg ikke har hørt om kommer på skjermen og begynner å synge. Mannen med hatt og rynker synger en sang jeg kan, og plutselig tar tankene meg inn i et hav av minner med Nickolas, alle de tingene vi gjorde sammen, alle stedene vi dro. Alt kommer tilbake uten noe som helst advarsel. Plutselig er jeg tilbake i virkeligheten når jeg blir dunket hardt i ryggen og dyttet nærmere scenen. Jeg prøver å tenke på noe annet og konserten fortsetter. Artisten synger fint og enda en gang går tankene til Nickolas den tiden vi hadde det bra og alt var fint. Jeg ser tåke og tårene triller nedover kinnene mine. Nå vil jeg ikke være her lenger. På vei ut drar noen i genseren min, så jeg mister balansen og gutten jeg kom med, tar meg imot. Jeg lander trygt i armene hans.

Jeg reiser meg opp og skal til å si takk før jeg går mot utgangen, men stopper opp når jeg kjenner igjen det fine smilet, det er gutten som dultet borti meg da jeg kom inn på festivalområdet!
    "Jeg heter James forresten," sier han mens han strekker hånden mot meg og smiler.
    "Viktoria."
Jeg tar ham i hånden og smiler forsiktig tilbake. James ser spørrende på meg.
    "Hvor skal du, er du på vei ut?"
    "Ja jeg orker ikke være her lenger."
Det blir stille mellom oss et sekund før James ser støttende på meg.
    "Jeg så du ble dyttet i ryggen flere ganger."

12

"Ja, det er derfor jeg vil hjem," skal jeg til å si, men kommer på at jeg ikke vet hvor `hjem`er nå.

Jeg kjenner fargen i fjeset bli dratt ut av meg. Jeg blir blek og fester blikket i bakken. Her står jeg, en tjuefem år gammel jente, fortvilet på en festival med en gutt jeg ikke kjenner og tårene presser på. Ikke nok med det, jeg ser sikkert kjempeteit ut her jeg står. De tankene går gjennom hodet mitt når vi endelig er borte fra havet av mennesker. Jeg vet oppriktig ikke hvor jeg skal gjøre av meg, og tankene løper løpsk. Plutselig klarer ikke kroppen holde meg oppe lenger. Jeg har så lite energi at jeg detter i bakken for andre gang i dag.

Jeg skvetter til når jeg kjenner to armer holde rundt meg.
"Du, det løser seg. Jeg vet du vil hjem, men kan du ikke bli litt til?", hvisker James rolig. Jeg ser på han med slitent blikk.
"Jeg vil egentlig bare bort."
Han fortsetter.
"Hvis du venter på meg så finner vi på noe etterpå."
James hjelper meg opp og sammen går vi og finner plass midt i folkemengden.

Flere artister er på scenen i løpet av kvelden og endelig er tankene om Nickolas borte. James står ved siden av meg og vi koser oss med musikken. Sola har gått ned når jeg hører en si fra scenen.
"Er det noen som har sett James?"
Jeg ser spørrende på ham. James møter blikket mitt, smiler og holder øyekontakten i noen minutter før han

13

løper opp på scenen. Jeg skjønner ingenting. Hva skal James på scenen? Hvorfor spurte de etter ham?

James står på scenen når en sang begynner å spille. Han begynner å synge. Jeg blir helt forvirret og bestemmer meg for å spørre ham etterpå. Han synger kjempefint. James holder øyekontakt med meg, og jeg er sikker på at han kan se hvor rød jeg er i ansiktet når han ser meg fra scenen. Han flytter blikket fra meg og ut i folkehavet og ser noen som knuffer borti noen.
"Det er ikke lov å dytte noen bort for å se bedre uansett hvem som er på scenen."
Han smiler til meg og fortsetter sangen.

James får alle til å synge med på siste sangen i settet han har på scenen. Jeg aner ikke hva som venter rundt neste sving, men bestemmer meg for å ta det imot med åpne armer. Jeg vet at kvelden bare kan bli bedre.

James kommer ned fra scenen og smiler når han står ved siden av meg igjen. Jeg ser sjokkert på han.
"Hvorfor sa du ingenting om at du synger?"
"Jeg ville overraske deg, og utifra ansiktsutrykket ditt funka det!"
Jeg får latterkrampe når han etterligner noe jeg tror skal være en grimase.
"Jeg så ikke sånn ut!" sier jeg når jeg får kontroll på pusten igjen.
Han smiler.
"Du gjorde det Viktoria."
Jeg dulter ham i skulderen.
"Nei."
James ser på meg med latter i øynene. Han holder

14

øyekontakten lenge. Jeg legger merke til smilerynkene som ligger rundt øynene hans, nesten umulig å se uten å stirre på ham. Jeg vet jeg har sett på han altfor lenge når James lener seg mot meg og hvisker:
"Jo."

Tankene slår alarm. Hva skjedde nå? Jeg blir stående helt stille, og kjenner James sin varme pust kile meg på kinnet idet han trekker seg rolig unna. Jeg klarer ikke oppfatte det som skjer, men vil ikke at øyeblikket skal være over. James tar meg i hånden og vi går ut av festivalområdet. Er kvelden over nå? Jeg har ikke hatt det så gøy på lenge. James ser på meg et lurt smil.
"Bli med meg."
Han drar meg med og jeg blir løpende etter.
"Hvor skal vi?" spør jeg med et stort smil.
"Vent å se."

Vi løper til jeg hiver etter pusten og må stoppe. James er et stykke foran, når han legger merke til at jeg ikke henger med. Jeg står bøyd med hendene på knærne når han kommer småløpende mot meg.
"Går det bra?"
Han ler en smånervøs latter. Jeg retter meg opp, trekker pusten dypt og ser et bekymret uttrykk i ansiktet til James.
"Ja, men du er jammen lett på foten."
Jeg smiler til han. James blir stående å tenke i noen sekunder før han blir borte i noen minutter. Jeg ser ut i et mørkt ingenting når han plutselig står foran meg med en sykkel, og stryker forsiktig hånden min. Jeg legger min hånd i hans og James ser meg inn i øynene.
"Stoler du på meg Viktoria?"

Jeg kjenner sommerfuglene danse i magen og nikker. James ler og løfter meg forsiktig opp, og jeg svever over bakken i noen sekunder, men det føles som en liten evighet før jeg setter meg på bagasjebrettet med et stort smil. James snur hodet og ser på meg. Jeg møter blikket hans.

"Hold deg fast Viktoria."

Jeg ser på han med spenning i blikket og gjør akkurat det.

Kapittel 2

Jeg har et godt tak rundt skuldrene til James for å holde varmen i den kalde vinden. Etter en god stund på sykkelen stopper han opp. Jeg ser en koselig trehytte som står midt i skogen i le mot folk, men likevel har utsikt ned mot vannet. Hytta har koselige lys rundt inngangspartiet. James løsner taket på beina mine og jeg slipper forsiktig taket jeg har rundt han. Gutten ser på meg med et blikk som er vanskelig å lese, jeg lurer på hva han tenker. Smilet mitt vokser når han fomler fram en liten nøkkel fra bukselommen og åpner døra.

Jeg tar av meg skoa i gangen og går inn i en søt liten stue. Der slapper James av på en lysegrå sofa som glir fint inn med de andre møblene i rommet. Hytta er like fin inni som utenpå, hvis det er mulig. Jeg ender min lille omvisning på sofaen med James. En behagelig stillhet henger over oss og jeg trekker pusten helt ned i magen og slapper ordentlig av. Jeg husker ikke sist jeg kjente på den følelsen. Etter noen minutter er det James som bryter stillheten.

"Jeg vet ikke hvorfor jeg tok deg med hit Viktoria, men jeg er glad du ble med." Sommerfuglene flyr i magen og ordene kommer hviskende ut.

"Jeg var litt redd for hvor vi skulle da jeg satt meg på sykkelen, men jeg er glad for at vi er her og at du ikke kidnapper meg."

Overrasket over ordene som kommer ut, kjenner jeg at varmen i kinnene vokser. Plutselig begynner sofaen å riste. Jeg snur hodet og ser James le voldsomt av kommentaren min.

Det at han ler får meg til å føle meg trygg. Noe jeg syntes er litt skummelt fordi det tar tid å åpne meg for nye mennesker, og vi møttes i dag. Jeg lener hodet på en pute og ser på han. Blikkene våre møtes, og jeg blir dratt inn i tankene mine. Hva er det med James som gjør meg trygg? Ikke vet ikke, men jeg er glad for å være her.

Helt borte i mine egne tanker skvetter jeg når James stryker en varm hånd over kinnet mitt. Blikket hans går et lite sekund til leppene mine før vi får øyekontakt. Sommerfuglene tar salto. Er jeg klar? Jeg vil være det, men jeg trenger mer tid, det er for tidlig. Jeg trekker meg forsiktig unna akkurat idet han lener seg mot meg.
"Stopp. Jeg er ikke klar."
James stammer.
"Beklager, jeg ble dratt inn i øyeblikket."
Jeg ser på han.
"Du trenger ikke beklage. Jeg er ikke klar nå, men det betyr ikke at jeg aldri blir klar." James sitter med blikket festet i gulvet og plutselig kjenner jeg skyldfølelsen vokse i magen.

Etter noen minutter i stillhet, hører jeg gutten med kastanjebrune øyne mumle.
"Unnskyld Viktoria, det var ikke meningen å presse deg."
Han ser på meg med et trist blikk.
"Du trenger ikke si unnskyld, det er ikke din feil."
Jeg går noen runder med meg selv, før jeg bestemmer meg for at det er best å hoppe i det og fortelle ham hvorfor folk som ikke kjenner meg, kan tolke meg som innesluttet. Jeg trekker pusten dypt, går ut på stupet og hopper.
"James, det jeg skal fortelle deg nå er vanskelig og

18

sårt for meg, så vær tålmodig med meg."
Han møter blikket mitt, setter seg godt til rette og nikker.
Før ord og tanker klarer å samarbeide, fryser kroppen til.
Ingenting kommer ut. Hjertet banker fort og jeg klarer
ikke slappe av. James legger en hånd på høyre kinn som er
vått fra tårene mine, og stryker forsiktig med tommelen og
ser på meg med forståelse i øynene.
"Du trenger ikke si noe hvis du ikke vil Viktoria."
Det er du som bestemmer hva du vil si og når. Jeg vil ikke
presse deg til noe som du absolutt ikke er klar for.
"Det er du som bestemmer tempoet."
Han sier det jeg trenger å høre og jeg er takknemlig for at
han ikke presser meg. Tårene kommer uansett, jeg klarer
ikke stoppe. Akkurat nå klarer jeg heller ikke å fortelle at
jeg slo opp med Nickolas og løp ut av leiligheten vår for
bare noen timer siden. Tanken på å oppleve alt dette på
nytt, ved å si det til James, gjør så vondt. I stedet blir jeg
sittende og gråte i lang tid.

Utmattet trekker jeg pusten dypt, og kjenner krampene i
magen etter all gråtingen. Jeg bruker den energien jeg har
igjen til å løfte hodet.

James legger hendene sine rundt nakken min og gir meg
støtten jeg trenger for å se ansiktet hans. Jeg prøver å
snakke, men hører bare en hes stemme si.
"Hvorfor er du så trist?"
Han gransker øynene mine lenge før han svarer.
"Jeg er trist fordi det sårer meg at du har gått
igjennom noe som gjør så vondt at du gråter deg tom for
krefter. Har jeg rett hvis jeg sier at bruddet er nytt
Viktoria?"
Det er tomt for krefter, så det eneste jeg klarer er å blunke
to ganger. James gir meg en klem og jeg kjenner hjertet

hans dunke.

"Jeg vil være her når du er klar til å fortelle, uansett hvor lang tid det måtte ta."

Han kysser meg lett på pannen og fortsetter.

"Du er trygg hos meg."

Jeg finner roen på fanget til James og puster dypt. Han fortsetter å berolige meg ved å stryke meg over håret mitt og holder trygt rundt meg til jeg blir borte i drømmeland. Rett før jeg går inn i dyp søvn, hører jeg meg selv si med lav stemme; "Jeg er trygg." Ordene blir hengende i luften.

...

Lyden av regndråper på taket vekker meg. Jeg ligger sammenkrøllet som en ball på sofaen med James ved siden av meg. Han la et teppe over meg før han sovna. Det må ha vært kaldt i natt. Jeg er tung i hodet og kroppen verker etter en lang natt, og alle tårene i går kveld. I tillegg har jeg hodepine som gjør at jeg vrir meg i smerte. Når jeg prøver å komme opp fra sofaen, holder to armer trygt rundt meg. James slipper ut en søt gryntende lyd og drar meg ned i madrassen igjen.

"Du trenger å hvile Viktoria."

Hjerteslagene til James er tydelige når jeg legger øret inntil brystet hans og sovner. Da jeg våkner igjen, kommer det en lyd fra James, men denne gangen ruller han av meg og lar meg gå ut av sofaen.

Jeg husker lite fra dagen i går, men jeg vet at han tok godt vare på meg. Magen min rumler, så jeg går mot det lille kjøkkenhjørnet i hytta. Etter litt roting i skapene, ser jeg ingredienser til pannekakerøre og putter alt sammen i en stor bolle, visper alt sammen og begynner å steke.

Kjøkkenkroken er vendt mot et stort vindu. Tåka ligger

20

som et teppe under skyene. Plutselig blir jeg dratt tilbake i tid, og jeg er i leiligheten en lørdag sammen med Nickolas og lager pannekaker til lunsj. Midt i stekingen kjenner jeg en hånd på ryggen og stopper opp. James kommer bakfra, gir meg en klem og hvisker; "God morgen."

Jeg ser speilbilde til Nickolas i ovnen og letter en millimeter fra bakken. Hva gjør Nickolas her? Jeg er på en hytte langt ute i skogen. Hvorfor er han her? Jeg snur meg fort rundt med stekespaden i hendene og ser forvirret rundt meg. James må svinge unna for å ikke få stekespaden i hodet når jeg snur meg rundt. Til slutt ser jeg han inn i øynene og loopen er over. James har vært her hele tiden, men jeg har sett fjeset til Nickolas. Det har vært James hele tiden. Nickolas er langt vekk. James senker hånden min rolig ned, tar stekespaden forsiktig fra meg, og ser på meg mens han puster ut og inn og venter på at jeg gjør det samme. James holder godt rundt meg og hjelper meg ned på gulvet.

Når jeg har bakkekontakt igjen, sitter jeg inntil skaphjørnet på kjøkkenet. Stekepannen er tatt av komfyren, varmen er slått av og James sitter på gulvet sammen med meg.
  "Hvor ble du av Viktoria?"
Han ser bekymret på meg og holder øyekontakten helt til jeg svarer.
  "Jeg ble dratt inn i en flashback med Nickolas i leiligheten, hvor jeg lager pannekaker til oss. Da du kom inn i rommet så jeg ansiktet til Nickolas og ikke ditt. Det skremte meg, derfor slo jeg etter deg med stekespaden."
Rosene er tilbake i kinnene mine når jeg fortsetter.
  " Jeg kom ikke ut, det var som om øyeblikket gikk i loop. Jeg hørte stemmen hans og det var derfor jeg var

21

fraværende da du kom. Når jeg får flashbacks, tar det tid før jeg er meg selv igjen. Det er akkurat som om jeg er i en annen virkelighet."

James ser på meg med forståelse i blikket og smiler skjevt. "Hva kan jeg gjøre for å hjelpe deg gjennom det neste gang?"

Jeg trekker pusten dypt.

"Det hjelper at du er der og passer på. Nå vet jeg at du er det og det er jeg takknemlig for. Panikk og angstanfallene kommer ofte uten forvarsel."

Han tar meg inntil seg inn i en god klem og kroppen slapper av. James sier ingenting, han fortsetter å holde rundt meg og jeg føler meg helt trygg. Jeg legger armene mine rundt ham og vil ikke slippe han. Jeg trekker pusten dypt og tar inn den søte lukten av klærne hans. Det lukter utrolig godt.

Den følelsen av trygghet jeg kjenner på sammen med James hadde jeg aldri da Nickolas og jeg var sammen.

Kapittel 3

James går ut av klemmen, ser på meg med et mykt uttrykk i ansiktet og smiler.

"Kom så spiser vi."

Han tar meg i hendene og den omtenksomme gutten legger armene trygt rundt meg i enda en klem. Jeg graver fjeset ned i armkroken hans og mumler et lite; "Takk." James trekker seg unna, rammer inn ansiktet mitt med hendene sine, holder øyekontakten.

"Takk for at du fortalte meg det Viktoria. Det hjelper meg å forstå deg bedre."

Vi setter oss ved bordet og spiser en god frokost og mye godt pålegg. Jeg tygger på en brødskive med gulost når James ser på meg, smiler og tar en bit av rundstykket sitt.

"Vil du være med ut en tur når vi er ferdig å spise?"

Jeg leser uttrykket i fjeset hans. Tankene går som et maskineri i hodet når jeg tenker på hva slags planer han har lagt for dagen. Det kan ikke være så ille, med tanke på at han ikke har lagt noen åpenbare planer om å kidnappe meg så langt, så jeg smiler til ham. James lyser opp, noe som gjør meg varm innvendig. Jeg vet at dagen kan by på overraskelser og jeg er klar. Vi rydder av bordet og jeg kjenner kribling i magen, spent på hva dagen har å by på.

Vi låser hytta og går hånd i hånd til en bussholdeplass hvor James tar en telefon. Etter ti minutter med venting, kommer en svart bil med sotete vinduer kjørende mot oss. James ser lurt på meg og smiler idet bilen parkerer. En mann holder døra for oss og vi setter oss inn. Jeg skjønner absolutt ingenting. Et spørsmålstegn er klart i fjeset mitt. "Hvor skal vi? Hvor tar du meg med?" Jeg kjenner at stressnivået i kroppen øker, og jeg vet ikke hvor jeg skal gjøre av meg. Jeg trenger å ha kontroll. James tar hånden min i sin og stryker rolig. Jeg trekker pusten dypt og tvinger kroppen til å slappe av.

James har et godt tak på hånden min når han møter blikket mitt. "Viktoria, det går bra. Vi kjører til studio hvor du kan bli bedre kjent med meg." Svaret hans gjør meg enda mer forvirret. Han ler en latter jeg bare må høre flere ganger, og målet for dagen er klart: Få James til å le. Plutselig stopper bilen og vi er framme. James hopper ut av bilen, løper rundt, åpner døren på min side og hjelper meg ut av bilen. Jeg ser meg rundt. "Hvor har du tatt meg med?" Han ser på meg med et lurt smil. "Vent å se, Viktoria." Da kommer sommerfuglene tilbake.

Vi går mot en bygning med to store automatiske dører. James hviler hendene på hoftene mine på vei inn, og hjertet mitt tar et stort hopp i brystet mitt. Jeg blir varm på bare et millisekund og det går et elektrisk støt gjennom kroppen. Nå går tankene i høygir. Skjer virkelig dette? Liker han meg så godt? Han kan ikke gjøre dette og ikke like meg, kan han? En ting er i hvert fall sikkert. Jeg liker James.

Inne blir vi møtt av en stor resepsjonsdisk midt i rommet. James og mannen bak disken hilser, før han veileder meg videre til en dør, der det står Studio A med store bokstaver. James tar meg i hånden og viser at jeg kan gå inn. Da jeg går inn, ser jeg en hel del med mikseutstyr, musikkinstrumenter, og et lite rom med en mikrofon i og mange pc-er. Jeg lener ryggen bakover og James drar meg inntil seg og pakker meg inn i to trygge armer. Jeg legger hodet bakover, og ser rett inn i noen nydelige kastanjebrune øyne. Jeg drømmer meg bort. Hvordan ble jeg så heldig som får lov til å oppleve det her? Jeg vet ikke, men jeg er evig takknemlig og tar inn alle øyeblikkene jeg får med denne gutten.

Han snur meg rundt og tar ansiktet mitt i hendene sine. Jeg klarer ikke annet enn å smile fra øret til øret. James står ved en stor kontorstol på hjul foran det største miksebordet.

"Jeg vil gjerne vise deg noe nytt jeg har jobbet med."

Han ser på meg med et usikkert blikk, gransker fjeset mitt og venter til jeg har tenkt litt. Da jeg nikker lyser han opp, og det er akkurat som om de kastanjebrune øynene hans glitrer.

"Supert, bare hold inn denne knappen for å høre meg når jeg er inne i boksen."

"Boksen?"

Jeg ser spørrende på han. En liten latter fyller rommet. YES, jeg klarte å få ham til å le! Jeg smiler før James fortsetter.

"Det er det vi kaller det lille rommet med mikrofonen."

Han går inn med lett skritt, tar headsettet på, gjør seg klar og ser på meg.

"Er du klar Viktoria?"

Jeg gir en tommel opp og han smiler stort.

"Fint, bare trykk på den røde knappen og hør på teksten er du snill."

25

Når han begynner å synge, lener jeg meg tilbake og får med meg hvert ord i teksten.

Øynene mine er lukket og jeg lever i øyeblikket. Etter hvert som jeg får med meg teksten, går noe opp for meg og realiteten slår luften ut av meg. Jeg åpner øynene. Vi får øyekontakt. James smiler det største smilet jeg har sett på lenge. Han liker meg. Nå er det soleklart, James liker meg. Jeg må drømme. Det kan ikke være sant, kan det? Den smilende gutten kommer ut av boksen. Han står i døråpningen til mikserommet og møter blikket mitt. Vi ser på hverandre i en evighet før noen av oss bryter den gode stillheten. James ser på meg med myke øyne. Jeg ser spørrende på han.

"Kan du klype meg i armen?"

"Hvorfor?"

Han slipper ut en søt liten latter.

"Fordi det føles ut som jeg drømmer."

Jeg blir stående stille. James kommer mot meg og plutselig er mellomrommet som var mellom oss for noen sekunder siden borte. Jeg tar meg selv i å miste pusten i et sekund. James klyper meg forsiktig i armen og det kommer lyd som ligner et klynk fra meg og jeg drar armen til meg. Han hviler pannen inntil min og hvisker.

"Hvis du drømmer, drømmer jeg."

Vi blir stående å se på hverandre lenge uten å si noe som helst. Hjertet mitt dunker hardt i brystet. Jeg har ikke lagt merke til det før, men James er akkurat passe høy. Vi er som to puslebrikker som passer perfekt sammen. Han lener seg ned mot meg og stryker forsiktig over kinnene mine med en tommel. Da kjenner jeg en bølge av nervøsitet komme snikende. Varmen vokser i kinnene mine, og jeg blir rød i ansiktet. Så flaut. Jeg har lyst til å forsvinne og flytter blikket ned i gulvet. Stemmen i hodet er høy. Hvordan går det an å være så teit, Viktoria. Nå liker sikkert ikke James deg lenger.

Tankene blir bare høyere og høyere og jeg må kjempe for å ikke løpe bort. Jeg hører James si;
"Viktoria se på meg."
Jeg løfter hodet forsiktig opp og når blikket mitt møter James, er tårene på vei til å renne over. Han legger et lite mykt kyss på nesetippen min og sier rolig, men litt bestemt.
"Du er trygg."
Gutten det viser seg at jeg kan stole på, lar meg gråte i armkroken hans uten å si noe. Etter en liten stund løfter James meg i et prinsesseløft og finner en stol og synker rolig ned.

Når vi reiser fra studioet, er det mørkt ute og James tar hånden min og får meg trygt inn i bilen som kjørte oss tidligere. Jeg legger et tungt hode på skulderen til James og sovner. Da jeg våkner igjen, ligger jeg sammenkrøllet på fanget til James. Han hjelper meg opp i sittende når bilen stopper. Han gir meg en klem og ser meg i øynene.
"Jeg vet du er trøtt, men teamet mitt vil gjerne møte deg, Viktoria."
Han ser på meg med de største valpeøynene jeg har sett og jeg ser han biter seg spent i leppa. Nå kjenner jeg tårene presse på enda en gang. Fjeset som møter han, har alle følelsene blandet sammen.
"Jeg kommer til å skremme dem bort, James, de kommer til å hate meg."
James tørker forsiktig bort en tåre som på vei nedover kinnet mitt.

"Nei da, de kommer til å like deg like mye som jeg gjør."

Jeg lener hodet bakover og puster ut og inn et par ganger for å finne krefter til å gå ut av bilen. James tar meg i hånden.

"Du, jeg har et forslag."

Han klemmer hånden min forsiktig og holder øyekontakten.

"Hva hvis vi sier at når du føler du ikke har mer sosialt batteri, klemmer du hånden min som dette tre ganger, så skjønner jeg at du vil hjem."

Jeg smiler mykt til han.

"Kan jeg tenke på det?"

James legger en hånd på kinnet mitt. Han smiler søtt.

"Selvfølgelig Viktoria, jeg vil ikke presse deg til noe du ikke vil."

Jeg lener meg tilbake i setet og tenker på hva jeg vil gjøre.

Kapittel 4

Jeg ser ut bilvinduet og samler tankene. Jeg vet at James ikke vil presse noe på meg. Samtidig vet jeg at han ønsker at jeg skal møte teamet hans, det er stort. I tillegg vet jeg at han ikke hadde spurt meg om å møte dem hvis han ikke tenkte at vi ikke hadde noe. Jeg bestemmer meg for å ta sjansen. James sitter framoverlent, helt borte i samtalen han har med sjåføren mens han venter på svaret mitt. Jeg legger en hånd på ryggen hans, lener meg framover og kysser han forsiktig på kinnet og hvisker.

"Jeg er med."

Samtalen avbrytes brått. Han lener seg tilbake og ser overrasket på meg. Han smiler bredt og leser fjeset mitt grundig før han sier rolig.

"Sikker?"

Jeg ler lett.

"Ja James, jeg er helt sikker. La oss møte teamet ditt."

Han puster lettet ut og gir meg en god klem.

"Takk."

Han trekker seg fra klemmen og ser på meg et kjærlig blikk når vi går ut av bilen hånd i hånd. James ser på meg en siste gang før vi går inn døra til et mellomstort hus. Jeg kjenner en snev av nerver som ligger nederst i magen.

Når vi går inn døren, kan vi høre folk småprate litt lenger inn i huset. James legger en trygg hånd rundt midjen min og roper ut fra gangen.

"Hei dere, jeg er tilbake!"

Det blir stille i noen sekunder før en livlig stemme svarer.

"Hei James, vi er i stua."

James strekker ut en hånd mot meg og vi går gjennom

29

kjøkkenet som går videre inn i stua. Jeg følger spent etter. Han når dørkarmen inn til stua først og sier hei til alle. Jeg blir sjenert og står igjen i døråpningen og venter på at James skal introdusere meg for alle sammen.

Etter litt fram og tilbake, hører jeg han kremte og jeg holder pusten.

"Alle sammen, det er en jeg vil dere hilse på. Hun er en jente jeg trives godt med. Hun er litt nervøs, så vær greie."

James vinker meg til seg og jeg går med raske skritt mot han. Han ser smilende på meg og ser ut i rommet.

"Dette er Viktoria."

Jeg blir møtt av mange varme ansikter og senker skuldrene litt. En dame kommer småløpende mot meg og gir meg en klem.

"Hyggelig å møte deg Viktoria, jeg heter Amelia."

Hun ser på meg med imøtekommende øyne. Det får nervene jeg hadde for en halvtime siden til å sveve bort.

"James har fortalt hvor fin jente du er, og jeg ser hva han mener. Det føles som jeg kjenner deg allerede."

Amelia ler og jeg merker fort at jeg endelig kan slappe av.

Jeg sitter i sofaen og snakker med Kristoffer, han jobber med sikkerheten rundt James. Når jeg ser på klokka, har det gått fire timer siden vi kom, og jeg kjenner at det sosiale batteriet mitt går nedover. Kristoffer spør hva jeg jobber med. Jeg blir nå helt stille og vet ikke helt hva jeg skal si. Når jeg svarer, går det opp for meg at det er mer jeg vil gjøre enn å være barista resten av livet. Jeg har bestemt meg for å ringe sjefen på cafeen på mandag for å si opp jobben min.

James sitter rundt bordet i stua og snakker med Scott og Amelia når jeg finner han. Jeg står bak og stryker han på ryggen. James lener seg inntil meg og jeg kjenner han slappe av når jeg er i nærheten, noe som gjør meg utrolig glad. Han bøyer hodet bakover og ser på meg. Jeg trenger ikke si noe, før han sier; "Unnskyld Scott, jeg glemte noe på hytta som jeg trenger til i morgen. Jeg er nesten nødt til å hente den nå."

Blikkene våre møtes.

"Blir du med Viktoria?"

Jeg nikker rolig. Vi sier hade til alle sammen og ti minutter senere står vi utenfor døra og er på vei tilbake til hytta.

Jeg ler forsiktig. James ser på meg.

"Hva er det?"

"Jeg tror de fleste skjønte at vi ville ha alenetid med tanke på hva du sa."

James tar hånden min.

"Det tror jeg ikke, for jeg trenger faktisk noe fra hytta."

James ser ut som han skal sprekke av latter. Jeg ser han i øynene og spør;

"Hva kan være så viktig at du må hente det akkurat nå?"

"Mobilladeren min."

Jeg holder øyekontakten. James ser på meg og vet han har tapt diskusjonen.

"Okay, greit, jeg trengte ikke lader."

Når vi går til hytta, surrer tankene mine. Det er faktisk umulig å ikke drømme seg bort i øynene hans. James fortsetter.

"Jeg visste at du ville tilbake og jeg ville ikke

31

gjøre deg flau."
Jeg stryker hånden hans, strekker meg opp og hvisker han i øret.
"Du er søt, James."
Jeg kysser han mykt på kinnet og ser en dus rosa farge bli tydelig i fjeset hans. James tar et godt tak rundt midjen min og setter meg på skuldrene sine. Jeg klarer ikke å stoppe å le og jeg hører ekko fra latteren min i skogen hele veien til hytta.

James stopper utenfor hyttedøra og hjelper meg ned fra skuldrene. Jeg har fortsatt vondt i magen etter at jeg lo på tilbakeveien. Jeg liker å se James så leken, det er en ting jeg ikke vil at han skal slutte med. Neste gang jeg ser på klokka ligger jeg på sofaen og jeg slokner i noen minutter. Jeg våkner da James løfter meg opp og tar meg inn i et av de fire små soverommene som er på hytta. Når jeg ligger trygt under dynen og hodet treffer puta, hører jeg døra til soverommet lukkes.
"James."
Jeg sier navnet hans tydelig ut i mørket. Det tar ikke lang tid før han står ved sengekanten, han går mot meg og pakker dyna rundt meg.
"Jeg er her, Viktoria."
Han lener seg ned mot meg til jeg kjenner et lett kyss på pannen. Av refleks strekker jeg ut hånden til jeg finner han. Jeg kan ikke la han gå ut.
"Ikke gå."
James ligger rett bak meg. Jeg kjenner varmen fra han, og det får meg til å slappe av med en gang. James sier stille;
"Viktoria, jeg er glad for at du stoler på meg og at du tør å åpne deg for meg. Jeg vet at dette kommer litt brått på, men jeg er ganske sikker på at jeg er forelsket i deg Viktoria."

Jeg ligger i ørska og sover nesten når jeg hører den siste setningen James sier og plutselig er jeg lys våken på noen sekunder. Hørte jeg riktig nå? Sa James at han er forelsket i meg? Jeg snur meg rundt og ser at James har sovnet og puster tungt. Jeg stryker han forsiktig på kinnet og sovner med et smil om munn.

Dagen etter våkner jeg med armene rundt James i en klem. Ordene han sa i går repeteres om og om igjen i tankene mine. Jeg tør ikke håpe at jeg faktisk hørte riktig. Idet jeg tenker tanken, vrir James seg i senga og møter blikket mitt. Jeg smiler trøtt til han.

"God morgen James."

Han ser på meg.

"God morgen solstråle."

Jeg prøver å komme på hvordan jeg kan ta opp kvelden i går uten å spørre rett ut, men kommer ikke på noe.

James gransker fjeset mitt.

"Hva er det som surrer rundt i det søte hodet ditt Viktoria? Du tenker så det knaker jo."

Jeg tar James i hånden, puster ut og sier det rett ut.

"Husker du i går kveld?"

Han ser på meg med et spørrende uttrykk.

"Du var på vei ut av rommet. Jeg sa at du ikke skulle gå. Du la deg i senga ved siden av meg og sa: Jeg er her Viktoria."

Jeg ser James rett i øynene og fortsetter.

"Jeg er ganske sikker på at jeg er forelsket i deg Viktoria."

Det går nå opp for han at jeg hørte han i går. James ser overrasket på meg, blir tomatrød i fjeset og flytter blikket ned i gulvet.

"Hørte du virkelig det?"

Jeg legger armene i kors og prøver å høres streng ut.
"Ja, det gjorde jeg."
Han trekker fort på skuldrene. Jeg løfter haken hans
forsiktig så blikkene våre møtes. "Ganske sikker? Er det
ditt endelige svar?"
James rister raskt på hodet. Jeg må smile; jeg skulle gjerne
visst hva slags tanker han har i hodet nå, han ser rimelig
stressa ut.
"Jeg er sikker på at jeg er forelska i deg James."
Han løfter hodet fort, ser på meg med store øyne og
plutselig står tiden stille. Jeg går et skritt mot James og
fletter hendene våre sammen. James trekker pusten dypt
og sier; "Jeg var aldri usikker på deg Viktoria, det er bare
skummelt å innrømme for meg selv at jeg er forelsket i
deg og enda skumlere er det å si det høyt."
Sommerfuglene i magen er tilbake ganger ti og jeg kjenner
rosa fargen vokse i kinnene mine. Han bøyer seg noen
centimeter ned og hvisker bestemt i øret mitt.
"Jeg er forelsket i deg Viktoria."
Jeg kjenner pulsen øke så mye at hjertet er i halsen. Jeg
utfordrer han.
"Bevis det."
Før jeg rekker å trekke pusten, går James så nærme meg
som mulig, tar ansiktet mitt i hendene sine og jeg kjenner
to myke lepper treffe mine. Jeg strekker meg opp på tå og
fletter hendene mine sammen rundt nakken hans. Nå er det
fyrverkeri i hodet mitt og sommerfuglene tar salto i
magen.

Jeg trekker pusten dypt og ser inn i de kastanjebrune
øynene hans og jeg kan ikke tro at det faktisk
skjedde. James stryker meg ryggen. Vi står sånn lenge før
jeg trekker pusten og legger hodet på skulderen hans. For
første gang siden Nickolas, tør jeg å ønske meg en framtid

sammen med James uten å være livredd for konsekvensene. Jeg tar øyeblikket inn og er overlykkelig over det som nettopp skjedde. Jeg bestemmer meg for å fortelle ham om situasjonen på jobben når jeg kommer ned fra skyene igjen. Jeg kjenner nervene komme. James leser blikket mitt og spør;

"Hva tenker du på?"

"Jeg vil si opp jobben på kafeen og skal innom for å skrive under på oppsigelsen min mandag neste uke."

James ser spørrende på meg.

"Hvorfor? Jeg trodde du likte å lage kaffe?"

"Jeg gjør det, men jeg vil ikke være den som lager kaffe resten av livet, jeg vil gjøre noe mer."

Tankene i hodet spinner, og jeg kjenner at jeg trenger litt tid til å finne ut hva det kan være.

...

Etter jeg skrev under på sluttkontrakten med sjefen i går, har jeg en uke igjen på jobb før jeg er ferdig som barista. Jeg gruer meg til å møte kollegaene mine. Det blir rart å ikke ha en jobb å gå til etter mange år som barista. Når jeg kommer til døren, trekker jeg pusten dypt før jeg går inn.

"Hei Viktoria, lenge siden sist. Så bra du kom."

Jeg kan høre sarkasmen i stemmen hennes. Milla ser rart på meg idet jeg starter dagen. Jeg smiler og ler en falsk latter før jeg fokuserer på kaffen jeg holder på å lage. Milla dulter borti skulderen min.

"Synd at du skal slutte Viktoria."

Det lille håpet jeg kjenner i magen vokser en millimeter og tanken på at noen vil savne meg gjør meg glad. Men det blir fort borte når hun sier; "Men du gjorde lite her uansett, så det er kanskje like greit?"

Jeg ser ned i gulvet da jeg hører en kunde komme til disken og skal bestille. Jeg tar opp notatblokken i det svarte forkleet mitt og har fokus på oppgaven min når jeg sier; "Velkommen til Blåbærtoppen, hva kan jeg tilby fra menyen i dag?"
"Jeg vil gjerne ha en blåbærsmoothie, er du snill."
Jeg ser opp og inn i noen mørke solbriller. Jeg ser usikkert på kunden; hvem har solbriller på inne når det er overskyet? Han tar solbrillene ned på nesa og jeg ser James stå foran disken.
"Hei du."
Han smiler søtt til meg og hviler en hånd på disken.

Jeg ser overrasket på han, ser meg rundt og lener meg over disken og hvisker; "Hva gjør du her?"
Han tar forsiktig hånden min.
"Jeg hadde behov for å se deg i dag."
Måten James sier det på får meg til å smelte innvendig og jeg smiler stort. Han tar en stor slurk av koppen med smoothie og møter blikket mitt.
"Når er skiftet ditt over, Viktoria?"
Jeg leser timeplanen på telefonen.
"Jeg er ferdig klokka seks. Sjefen ga meg seinvakt i dag, så jeg må stenge kafeen." Jeg ser på han med en trist mine. Smilende tar han koppen i hånden, gir meg penger og går mot døra.
"Null problem. Jeg henter deg Viktoria. Vi sees."
Før jeg rekker å protestere, er han ute av kafeen. Jeg smiler for meg selv. Noen ganger vet jeg ikke hva jeg skal gjøre med den gutten.

Klokka på veggen viser kvart over seks, når jeg slår av lyset i taket og låser døra til kafeen. Det blir fort mørkt, så jeg venter på James under en lyktestolpe i nærheten av kafeen. Jeg drar glidelåsen på jakka mi lenger opp i halsen når en bil kommer kjørende mot meg og vinduet går ned i det bilen stopper. James stikker hodet ut av vinduet.

"Er du klar Viktoria?"

Jeg smiler og setter meg i bilen. Gutten med kastanjebrune øyne ser på meg med stjerner i blikket.

"Hva har du funnet på nå, James?"

Nervene mine vokser jo lenger bort vi kommer fra kafeen. Han smiler stort.

"Jeg skal ta deg med på konsert Viktoria."

Kapittel 5

Tanken på at jeg skal stå i publikum sammen med masse mennesker når James står på scenen i dag og synger, skremmer meg. Men jeg klarer å roe meg ned når bilen stopper utenfor huset til Scott og gjengen. Jeg møtte alle sammen for bare noen dager siden, men når jeg tenker på alle de fine folka i teamet til James, føles det som om jeg har kjent dem mye lenger og jeg føler meg trygg.

Amelia møter meg i døråpningen og gir meg en god klem. "Godt å se deg, Viktoria. Er du klar for konsert?" Hun møter blikket mitt og ser hvor nervøs jeg er. Hun ser på meg med myke øyne og stryker meg på armen. Jeg prøver å glemme klumpen jeg har i halsen og puster ut.

"Jeg skjønner at du er spent Viktoria, men James har stått på scenen før, det er det han kan best. Dessuten ga han meg streng beskjed om å passe på deg i kveld."
En varm tekopp står på stuebordet. Amelia tar en slurk før hun fortsetter.

"James kommer til å se deg fra scenen, det kommer til å gå bra."

Jeg nikker sjenert og ser ut i rommet, da kommer jeg plutselig på at jeg ikke har noe å ha på meg på konserten og stresset øker i kroppen.

"Amelia, jeg har ikke klær som passer til å gå på konsert."
Hun ser på meg og går bort til et skap.
"Det løser seg, ikke tenk på det.Du kan låne en kjole av meg."
Amelia smiler til meg, åpner skapet og henger noen kjoler på en stol som jeg kan prøve.

"Jeg fant noen jeg tror kan passe til deg. Ta den du liker best."

Jeg ser gjennom kjolene og ser hvordan de ser ut i speilet. En kjole er rød med puff armer på, en annen er enkel lilla med høy hals. Den tredje kjolen er i babyrosa stoff med ulike blomster på. Jeg tar den tredje med bort til speilet og ser at kjolen er kjempefin, men jeg blir nervøs for hvordan jeg vil se ut i en sånn kjole. Jeg ser Amelia stå med skulderen lent mot dørkarmen når hun møter blikket mitt i speilet.

"Jeg tror James vil like den."

Jeg ser på henne med røde kinn. Amelia smiler mykt til meg.

"Prøv den på da vel."

Jeg trekker pusten dypt og går inn på badet for å skifte.

Det føles som om jeg står på badet i en evighet. Når kjolen er på, gransker jeg speilbildet mitt nøye. Det går mange tanker gjennom hodet. Hvem er det i speilet? Er det virkelig meg? Et øyekast til på kjolen. Den har fine armer som går nedover skuldrene. Jeg legger også merke til at kjolen har litt utringing. Ikke for mye, men akkurat passe. Jeg føler meg vel i kjolen. Med et siste blikk i speilet, går jeg ut som en ny og mer selvsikker Viktoria.

Amelia romsterer på kjøkkenet når jeg roper på henne.

"Jeg kommer."

Hun kommer inn i gangen og ser på meg med store øyne.

"Du ser helt nydelig ut, Viktoria. James kommer til å elske deg i den kjolen."

Jeg blir varm og kjenner rødmen vokse i kinnene mine. Amelia gir meg en klem. En piruet senere, er jeg på badet med god musikk i høyttaleren. Plutselig ringer det på døren. Jeg blir stående stille og kjenner at jeg blir nervøs og hører heldigvis at Amelia åpner døren.

Jeg sprayer håret med litt hårspray for å holde krøllene på plass og går over sminken en siste gang. Jeg bruker ikke sminke ofte, men vil gjøre litt ekstra i kveld. Etter et tynt lag med maskara, rydder jeg etter meg og tar på litt parfyme før jeg går nervøs til stua der James og Amelia venter på meg.

Amelia møter blikket mitt når jeg står i døråpningen til stua og smiler.

"Lukk øynene litt James."

Hun går rundt bordet der James sitter og dekker øynene hans til jeg står foran han. Spenningen i kroppen min bobler over og jeg klarer ikke stå stille. Beina tripper utålmodig når jeg venter på at Amelia skal la James se meg i kjolen. Pulsen min går dobbelt så fort da hun tar ned hendene og jeg trekker pusten dypt idet James åpner øynene.

James ser på meg med store øyne og jeg smiler stort. For første gang på lang tid smiler jeg på ekte. Han lar blikket gå opp og ned og tar inn hver minste detalj av meg. Når James ser meg inn i øynene, blir alt rundt oss borte og verden stopper opp. En helt ny verden åpner seg når jeg ser inn i øynene hans.

En tanke jeg ikke tør å håpe på surrer i hodet mitt. Tenk hvis jeg en dag får være hans.

Den lille dagdrømmen blir borte når jeg kjenner James sine armer dra meg inn i en klem. Han er god, varm, og jeg føler meg trygg i armene hans. Hjertet hans banker fort når jeg legger et øre inntil brystkassen hans. James hviler hodet forsiktig på meg og lener seg ned mot øret mitt og hvisker.

"Du ser fantastisk ut Viktoria."

Han slipper klemmen og vi ser på hverandre.

"Okay turtelduer. Nå må vi dra, konserten begynner om en time."

Amelia sprekker den lille boblen vår, og vi kommer oss fort ut av huset og inn i bilen. James slipper ikke hånden min en eneste gang under bilturen. Jeg må smile. Han har slått på modusen 'Pass på Viktoria'. Jeg stryker han forsiktig på hånden og han kysser meg forsiktig på pannen. Jeg hviler hodet på skulderen til James før det braker løs i kveld.

Bilen stopper, og James stryker meg på armen.

"Hei prinsesse Viktoria."

Jeg ser på han gjennom trøtte øyne.

"Prinsesse?"

Han går ut av bilen.

"Ja, du ser ut som en prinsesse."

Han sier det som om det er det mest opplagte i verden.

Vi går sammen inn i konsertlokalet, og videre mot en dør hvor det står backstage. Vi går inn og ser Kristoffer og Scott som snakker med noen scenearbeidere som gjør de siste justeringene før konserten. Scott ser oss og kommer bort.

"Hei dere to!"

Vi hilser, og jeg setter meg og ser James gjøre en lydtest før showet.

En time senere står James klar til å opptre. På scenen kommer det opp en klokke på en stor skjerm som teller ned fra ett minutt. Jeg har god utsikt over scenen og står 10 skritt unna sammen med ivrige fans som hyler av full hals. Jeg derimot, er et fullstendig vrak av nerver og beina som føles tunge som sement. Jeg klarer ikke bevege meg, jeg har aldri vært så nervøs før.

Når James kommer på scenen, ser han rett på meg og smiler. Varmen bobler i kroppen og jeg blir rød i kinnene. Så flaut, jeg håper ingen ser meg nå. James har masse energi på scenen. Jeg smiler når jeg ser James få til det han jobber så hardt for. Mot slutten av konserten dulter noen meg hardt i ryggen. Jeg trekker pusten dypt og snur meg. Ikke nå igjen. Kan ikke folk passe seg?

Når jeg snur meg, ser jeg plutselig bakhodet til Nickolas, og beina mine er som fryst fast i gulvet. Hva gjør Nickolas her? Jeg har lyst å gråte og hyle på samme tid, men hjernen har stoppet opp og jeg får ikke ut et ord. En liten evighet går før han snur seg og overraskelsen er tydelig når han ser meg.

"Hei Viktoria, hva gjør du her?"

"Jeg er på konsert vel, hvorfor er du her?"

"Jeg så noe på nettet og ville sjekke det ut, men jeg forventet ikke å se deg her, du var jo aldri ute. Men nå som jeg endelig ser deg igjen, kan vi prate?"

"Hva trenger du å si som er så viktig? Vi er ferdige med hverandre!"

"Jeg angrer veldig på det jeg gjorde mot deg Viktoria. Hva kan jeg gjøre for å få deg tilbake?"

Bena mine gjør som jeg vil igjen og jeg tar et skritt mot han før jeg fortsetter.

"ABSOLUTT INGENTING! Det du gjorde er helt utilgivelig og jeg ønsker ikke å se deg igjen. Jeg har brukt lang tid på å lime på plass de bitene du knuste og når jeg endelig har fått det til, kommer du nå og spør om å få meg tilbake?"

Nå kommer James ned fra scenen, kobler fort hvem jeg roper til og legger en trygg hånd på midjen min. Jeg trekker pusten dypt og fortsetter.
"Jeg har endelig funnet en gutt som respekterer meg og følelsene mine. Han er mye mer mann enn du noen gang kommer til å bli."

Det er helt stille i konsertlokalet. Nickolas ser seg rundt med et blikk fullt av overraskelse. Jeg kan høre James si lavt.
"Hør her. Enten går du rolig ut herfra, eller så blir du fulgt ut av teamet mitt foran alle sammen. Du velger, det er opp til deg. Men en ting skal du vite: Viktoria skal ingen steder med deg."

James ser på Nickolas med et blikk jeg aldri har sett før. De har stirrekonkurranse med hverandre. Nickolas snur seg, bryter vei ut av konsertlokalet og jeg kan endelig puste igjen. Hvorfor måtte han komme hit akkurat i dag?
James gir meg en klem og hvisker:
"Du er fantastisk Viktoria, ikke glem det."

Jeg gjemmer meg i armkroken hans og vil forsvinne. James tar ansiktet mitt i hendene sine og møter blikket mitt.
"Jeg ser at du er lei deg og det er helt greit."
En tåre renner ned kinnet mitt.
"Ingen fortjener å bli behandlet sånn. Ingen."
James ser på meg, og legger et lite kyss i pannen min. Han gir tegn til Scott og Amelia om at vi skal dra hjem, og vi går rolig ut og inn i bilen som står utenfor. Jeg puster tungt og håper at dagen snart er over. Hvordan endte jeg opp med tårevåte kinn på dagen jeg trodde skulle bli så bra?

Kapittel 6

Bilen parkerer utenfor hytta i skogen og vi går inn sammen. Jeg setter meg på sofaen.

"Hvorfor måtte Nicolas dukke opp?" Spørsmålet henger i lufta når James kommer med to tallerkener med pasta. Han setter seg ned og ser på meg med medfølelse i blikket.

"Jeg vet ikke Viktoria. Det beste vi kan gjøre er å prøve å se bort ifra det som skjedde og tenke fremover sammen."

Jeg har hodet i tallerken med pasta når det går opp for meg hva han egentlig sa.

"Hva sa du?"

Han smiler.

"Jeg sa at det viktigste er prøve å se bort ifra Nickolas og det som skjedde, og tenke fremover sammen." Energinivået mitt etter dagen er nesten tomt. Hodet mitt klarer ikke tro på det han sier, og jeg må spørre en gang til.

"Hva mener du?"

James setter seg nærmere meg og ser meg rett i øynene. Jeg venter spent på svar. Han tar hånden min i hans, fletter fingrene våre sammen og stryker forsiktig med tommelen. Kroppen blir varm.

"Jeg mener at det er viktig at vi ikke tenker på hva som har vært, men tenker på hva vi sammen gjør fremover."

Jeg tar meg selv i å sitte med åpen munn. James smiler forsiktig og legger en hånd under haken min. Han holder øyekontakten og forsetter.

"Jeg vil at vi skal være sammen Viktoria. Jeg vil at

det skal være oss."

Det er mange tanker som surrer i hodet mitt. Hva hvis det slår feil, hva om det går kjempebra? Hva skjer med alt rundt James hvis vi blir sammen?

Jeg sitter og tar inn alle spørsmålene som dukker opp i hodet og blikket farer rundt i rommet, jeg klarer ikke å møte blikket hans. Plutselig hører jeg James si; "Jeg er ikke den enkleste å være sammen med, det vet jeg, men jeg vil gjøre mitt beste for at du skal ha det bra og gjøre det beste for oss sammen. Jeg vil at vi skal gå igjennom gode og vanskelige ting sammen."

Han lener seg mot meg, lander med hodet på skulderen min og gir fra seg et lite sukk.

"Jeg vil bare være din. Hvis du vil ha meg."

Jeg ser endelig på ham og innser at det faktisk kan bli oss. Han ser på meg med et blikk som gjør at jeg blir enda mer forelska. Jeg ser inn i trygge øyne når han tar ordet igjen.

"Jeg er så stolt over at du sto opp for deg selv med Nicolas under konserten, Viktoria. Ingen skal bli behandlet slik som du ble av ham."

Jeg må smile og legger hånden min i hans når han sier det.

Gutten med brune øyne holder øyekontakten og fortsetter.

"Før vi gikk ut av konsertlokalet snakket du til Nickolas og sa at du har funnet en gutt som respekterer deg og følelsene dine."

James legger ekstra trykk på ordet "gutt" og jeg ser ut som en spiseklar tomat i fjeset. Varmen i kinnene mine tar over og jeg vil grave meg ned i sofaen. Han ler en søt latter.

"Det går bra Viktoria, jeg likte det."

Blikket mitt treffer hans og øynene glitrer, og han smiler

46

stort.
"Du må gjerne kalle meg gutten din."

...

Jeg har sovet lite når jeg sender en melding til Amelia og lurer på om hun kan komme over på en kopp kakao. Tankene på hva James sa i går holdt meg våken. Jeg prøver å lese når det banker forsiktig på døra. Amelia smiler stort når jeg åpner.

"Hei Viktoria, jeg regner med at James sover?" Jeg nikker og Amelia lister seg inn i hytta. Vi lager hver vår kopp med kakao og går inn i rommet ved siden av stua. Jeg setter meg på senga og begynner å fortelle.

"James sa at han ville være sammen med meg og nå vet jeg ikke hva jeg skal gjøre." Amelia ser på meg med et forståelsesfullt blikk.

"James liker deg kjempegodt Viktoria. Han har hodet på rett plass. Det han sier er gjennomtenkt, så hvis han sier han liker deg, så kan du stole på at han faktisk liker deg."

Jeg puster lettet ut og Amelia fortsetter.

"James slipper ikke hvem som helst inn i gjengen, og det at han slapp deg inn og lar deg få se hjertet hans, sier ganske mye om hvor mye han liker deg."

Hjertet mitt dunker litt fortere. Amelia ler.

"Han snakker nesten bare om deg når du ikke er der. Hvis ikke den gutten er forelsket i deg så vet ikke jeg."

Hun ser på meg dønn seriøs.

"Viktoria, James er kjempeforelsket i deg."

Sommerfuglene vokser i magen og jeg klarer plutselig ikke sitte stille lenger.

47

Når Amelia har dratt, sniker jeg meg inn på rommet der James sover og legger meg under dyna og stryker han forsiktig på kinnet. Han ser så fredelig ut når han sover, det er utrolig søtt. Når jeg ligger og ser på at han sover, kjenner jeg at tre ord ligger på tunga på vei ut. Jeg vet det er tidlig, men nå vet jeg hvor James står, og jeg vet a jeg er trygg. Stemmen i hodet mitt dukker opp. Et steg av gangen Viktoria. Du vil ikke skremme han bort, vil du? Bare følg hjertet, så faller resten på plass.

James beveger seg under dyna. Jeg snur meg og ser klokka vise to. Han trengte nok å sove lenge etter konserten. Han gjesper, gnir seg i øynene og ser på meg. Jeg smiler.
"God morgen syvsover, har du sovet godt?"
James nikker.
"Hva har du gjort i dag da prinsesse?"
Hver gang James sier det får jeg en varm følelse i kroppen.

Han venter tålmodig på svar.
"Jeg har tatt en kopp kakao med Amelia i dag."
Jeg ser lurt på han og smiler. Jeg kan se spørsmålene gå rundt i hodet på han og ler en liten latter.
"Vi snakket om deg blant annet og det du sa på sofaen i går før vi la oss."

Jeg lener meg mot James og hvisker han forsiktig i øret.
"Jeg vil veldig gjerne være din. Hvis du vil ha meg?"
Et par store øyne og et smil fra øre til øre er det jeg ser da jeg møter blikket hans. Det eneste som går i tankene mine er at nå kan du være lykkelig, Viktoria. Endelig. James tar tak rundt meg og dytter meg mot brystkassa hans og hvisker.

"Det tok sin tid, men nå er du min."

Vi herjer rundt i senga og James kiler meg.

Når James stopper opp, blir jeg stille. Han ser på meg lenge med et blikk jeg ikke har sett før, og et snev av nervøsitet ligger i magen, og vil ut. Jeg ser på han med usikkerhet i blikket.

"Hva ser du på?"

Jeg legger merke til at han flytter blikket fra øyene mine og ned på munnen min.

"Jeg ser på deg."

Jeg møter blikket hans og smiler.

"Jeg vet det, men hvorfor?"

Han holder øyekontakten.

"Jeg ser på deg Viktoria, fordi den lykken jeg føler nå klarer jeg ikke sette ord på."

Tiden står stille. Jeg kan høre hjertet pulsere i ørene mine. Jeg har aldri følt på så mye takknemlighet som jeg gjør akkurat nå.

Akkurat idet jeg skal til å snu meg på magen stopper James meg. Han har et godt grep på skuldrene mine og dytter meg tilbake på ryggen. James er bare noen centimeter fra ansiktet mitt før han plasserer leppene sine forsiktig på mine. Jeg kan kjenne hjertet hans banke fortere. Han slipper kysset og jeg vil ikke at det skal ta slutt. Jeg smiler fra øre til øre og møter blikket hans. James ser på meg med et kjærlig blikk. Tenk at jeg er hans og at han er min. Det kommer til å ta tid før jeg blir vant til tanken.

49

Kapittel 7

Dagene går i hverandre. James smiler til meg og jeg kjenner tryggheten som et teppe rundt meg. Hvis noen hadde sagt at det var her jeg skulle ende opp etter alt som har skjedd med Nickolas, ville jeg ikke trodd det var sant. Men jeg er evig takknemlig for at det var akkurat sånn det ble. Tro meg! Nå vet jeg at det er her jeg er ment til å være. Akkurat i dette øyeblikket er livet en lek.

Vi spiser en god frokost og pusser tenner før vi tar en tur til byen. Ute skinner sola, men det er fortsatt kaldt. Den friske luften biter meg i ansiktet når jeg går ut av bilen som stopper foran et kjøpesenter. James kommer ut av bilen i en varm jakke, solbriller og en lue han har brettet opp kanten på. Han gir meg en hånd, smiler søtt til meg og vi går gjennom en vindeldør og inn i varmen.

Det er helg, så senteret er fullt av folk som handler. James tar hånden min, klemmer forsiktig tre ganger og hvisker. "Husk avtalen vår Viktoria, den gjelder fortsatt." Jeg puster dypt inn og prøver å la være å tenke på alle folkene inne på senteret før jeg nikker. Nå er vi en del av menneskene som går inn og ut av butikker. Jeg går inn i The body shop, leter i hyller etter det jeg skal ha. Etter å ha gått gjennom hyllene en stund, har jeg det jeg trenger og går for å finne James.

James står ved hyllene med parfymer. Han står der uten solbriller og lue og leser på en parfymeeske. Jeg blir så glad når han kan være i fred uten å tenke på pressen rundt seg. Beina mine er lette når jeg går mot han og smiler stort. James må ha vært i sin egen lille boble, for han gjør et lite hopp og gir fra seg en lyd som jeg ikke har hørt før.

51

Jeg ler en liten latter. Han ser overrasket på meg og ler med.

"Du skremte meg Viktoria."

Han tar ansiktet mitt i hendene sine, smiler og hvisker;

"Viktoria, jeg er veldig glad i deg."

Det får meg til å smile og jeg gir han en klem. Idet James tar armene sine trygt rundt meg, kan jeg så vidt høre flere klikkelyder fra et kamera og jeg ser pressen kommer mot oss. Stresset øker i kroppen og hjertet banker hardt i brystet. Jeg får plutselig ikke puste og ser skrekkslagen opp på James. Han møter blikket mitt, tar et bedre tak i hånda mi og dytter meg forsiktig i ryggen på vei ut av butikken. Da vi kommer ut, blir vi møtt av et hav av mennesker og blitzregn. Stemmen i hodet roper. Løp Viktoria, løp! James tar tak i hendene mine og følger meg rolig ut av senteret og inn i bilen.

Jeg hiver etter pusten. Hva skjedde nå? Alt gikk så fort at jeg klarte ikke få med meg det som skjedde. Jeg ser på James med redsel i blikket. Han ser på meg og puster rolig.

"Viktoria, kom her."

Jeg sitter to seter unna James og flytter meg nærmere. Han stryker meg ryggen.

"Pressen er ikke farlig, men de kan være litt voldsomme noen ganger. Spesielt når det er første gangen de ser deg."

Det blir stille i bilen i noen minutter. Hodet mitt faller ned mot brystkassa hans og jeg får tilbake pusten.

"De skremte meg."

Jeg hører hjerteslagene til James dunke tydelig i rolig tempo før han fyller stillheten.

"Jeg skjønner det Viktoria, men du vet at jeg ikke

lar de skade deg, ikke sant?"
Jeg setter meg opp. James ser på meg. Han legger hånden forsiktig under haken min, og støtter opp ansiktet mitt. Han holder blikket og spør igjen.
"Ikke sant?"
Jeg nikker forsiktig. James kysser meg lett på leppene idet bilen kjører ut på hovedveien og på vei hjem. Hver gang jeg deler et øyeblikk med den herlige gutten, kommer jeg på hvor heldig jeg er som får være hans. Hvis jeg ikke sier de tre ordene snart, kommer jeg til å sprekke. Jeg bestemmer meg for at jeg skal fortelle James hva jeg føler i løpet av kvelden.

Vi kommer til hytta og jeg starter med å finne ved og tenner opp i den lille peisen. James sitter i sofaen og hører på en ny sang han har spilt inn. Før jeg går og lager to kopper med kakao og krem, hviler øynene mine på flammene i peisen. Når kakaoen er ferdig, setter jeg det på et lite brett og bærer det bort til sofaen sammen med et stort teppe under armen. James lyser opp når jeg gir han koppen. Jeg ser på han.
"Du, jeg må si deg noe."
Han tar av seg headsettet og ser på meg. Jeg haler ut tiden ved å pakke meg inn i teppet og varmer meg på koppen før jeg sier noe.
"Jeg vet at det kanskje høres teit ut, men."
James stopper meg.
"Jeg vil høre hva du har å si."
Han drar litt av teppet mitt over seg, og tar hånden min i sin. Jeg senker skuldrene og fortsetter.
"Det jeg skulle si, var at jeg er veldig glad for at jeg møtte deg og for at du er den du er."

Jeg møter blikket til James, og han kikker kjærlig på meg.

Det er helt stille i stua. Jeg hører små knitrelyder fra peisen og hjertet mitt dunker. Jeg har følelsen av at jeg snart skal sprekke og før jeg vet ordet av det faller det ut av meg.

"Jeg elsker deg!"

James ser på meg og tar hendene mine i hans og smiler mykt.

"Jeg elsker deg også. Jeg er utrolig glad for at du er den du er. Du har gitt meg rom til å åpne meg og jeg vet at jeg kan stole på deg, det er jeg utrolig takknemlig for. De fleste blir borte så fort de ser hvordan livet jeg lever som artist er, men ikke du. Jeg kan love deg at helt siden jeg møtte deg, har jeg sett for meg oss to. Jeg er så heldig at vi har hverandre."

Ingen har sagt så fine ord til meg før. Jeg blir helt satt ut. Hvordan ble jeg så heldig? James drar meg forsiktig mot seg og plutselig ligger jeg over han i sofaen. Jeg ser han i øynene.

"Det er jeg som er heldig James, du får meg til å føle meg som en prinsesse."

Han smiler.

"Grunnen til det er fordi du er min prinsesse."

Kvelden kommer fort og jeg sovner trygt i armene hans.

På vei inn i drømmeland går jeg inn i en kinosal. Salen er nesten tom utenom to mennesker som sitter med popkornbøtta i fanget. Jeg setter meg ned og følger med på filmen, men det er noe som ikke stemmer; hvordan klarer de å sitte så stille? Jeg har en dårlig følelse. Midt i filmen lager setet mitt en lyd som gjør at de snur seg. Da ser jeg det. Menneskene har ikke bein. Jeg ser plutselig at jeg også mangler bein. Jeg prøver å komme meg opp for å løpe ut, men jeg kommer ingen vei. Menneskene i kinoen kommer nærmere og nærmere. Jeg roper høyt.

James hører meg hyle og kommer løpende inn på rommet. Han prøver å vekke meg ved å riste på meg og roper. "Viktoria. Viktoria! Du må våkne, det er bare en drøm! Kjære deg, våkne!" Når jeg endelig åpner øynene, ser jeg rett inn i et vettskremt blikk. Han hiver armene rundt meg og ser på meg med tårer i øynene. "Du er trygg hos meg Viktoria, det var bare et mareritt." Tårene mine renner. James ser fortvilet på meg. "Jeg vil ikke at du skal ha det vondt."

Etter en stund sovner jeg endelig, sammenkrøllet som en ball med armene til James godt rundt meg.

Kapittel 8

Jeg er klam når jeg våkner tidlig neste morgen. Sengetøyet er gjennomvått, så jeg drar det fort av, legger det inn i maskinen og hopper fort i dusjen. Etter en rask dusj slår jeg av vannet og tar på meg et rent joggesett. Inne på rommet igjen legger jeg på et nytt sengesett før jeg går inn i stua. Jeg tar opp mobilen og ser en melding fra James om at han er på butikken. Jeg skriver at jeg tar meg en gåtur for å lufte hodet litt. Jeg tar på meg sko og en gul regnjakke før jeg går ut døra.

Det er godt å få kontroll på tankene etter marerittet i natt. Jeg har ingen anelse om hvorfor jeg drømte så rart. Kanskje underbevisstheten min prøver å si meg noe? Noen regndråper treffer meg hardt i hodet. Jeg ser opp mot himmelen og ser en stor mørk sky over meg. Flott, jeg kommer til å bli søkkvåt. Jeg drar på meg hetta og prøver å finne veien tilbake til hytta.

Jeg er våt og kald på hele kroppen og tankene som går i hodet, er at jeg må komme meg tilbake så fort jeg kan. Blikket mitt er festet på den våte asfalten når jeg er på vei over det siste gangfeltet. Det er bare noen få meter igjen før jeg kan se hytta rundt neste sving. Jeg går i mine egne tanker og får ikke med meg at en bil kommer mot meg i full fart når jeg går over gangfeltet. Bilen treffer meg, og jeg blir kastet over panseret og lander i bakken med et dunk. Alt går i sakte film før jeg svimer av et øyeblikk. Jeg klarner til igjen, men klarer ikke å reise meg. Jeg tar meg forsiktig til hodet og merker at jeg har et dypt kutt, og det blør nedover ansiktet. Jeg ser videre nedover kroppen min og jeg merker at jeg ikke kan bevege beina mine. Hva er det som skjer? Dette må være et mareritt. Tårene renner nedover kinnene mine. Hva gjør jeg nå? Er jeg lam? Jeg kjenner at jeg er svimmel og trøtt, om hverandre. Jeg har drakamp med søvnen. Jeg vet at jeg ikke kan sove, men trøttheten faller over meg. Jeg våkner til igjen og ser rundt meg, og ser jeg at bilen som kjørte på meg kjører videre. Det føles som om jeg har ligget på den våte asfalten i en evighet, og må kjempe for å holde meg våken enda engang.

Jeg våkner i en ambulanse redd og forvirret. Plutselig kjenner jeg en voldsom dunking i hodet og tårene presser på. Jeg får øyekontakt med en av ambulansearbeiderne som jobber på meg.
"Hei du!"
Jeg ser spørrende på henne. Hun fortsetter.
"Du har slått hodet kraftig og er på vei til sykehuset."
Jeg er så forvirret; hvorfor husker jeg ikke hva som skjedde og hvordan vet hun hva jeg heter? Hun smiler til meg. En annen tanke gjør at jeg hyperventilerer; hvor er James?

Hvorfor er ikke James her? Jeg gjør alt for å få kontroll på hva som skjer rundt meg når jeg kjenner et forferdelig ubehag i halsen. Jeg prøver å snakke.
Ambulansearbeideren møter to redde øyne.
"Du har en slange i halsen som gir deg oksygen Viktoria. Prøv å slappe av. Jeg vet du er redd, men vi er her for å hjelpe deg. Vi er på vei til sykehuset nå."
Plutselig kjenner jeg at båren jeg ligger på rister, og jeg ser at beina beveger seg, men jeg kjenner ingenting; er beina mine ødelagt? Flere tårer renner nedover kinnene mine.
"Kjenner du at bena dine rister Viktoria?"

Hun legger en hånd over meg og sier med rolig stemme.
"Du er trygg på sykehuset Viktoria. De vil gjøre alt de kan for å hjelpe deg."
Jeg vet at hun prøver å berolige meg, men akkurat nå klarer jeg bare å tenke på hvor dum jeg var som ikke så opp fra asfalten litt før.

Ambulansen bremser hardt og vi er fremme. Jeg blir tatt ut av bilen og inn på sykehuset. Hele veien har jeg tenkt at jeg må få tak i James.

Etter at legene har tatt noen tester som viser at jeg kan puste godt selv, blir slangen i halsen etter hvert fjernet. Legen som fjerner slangen forteller at jeg må hvile stemmen noen timer, slik at hevelsen i halsen skal gå ned. Når jeg endelig er plassert på et rom med egen seng, ser jeg helt hvite vegger og en klokke i et hjørne. Jeg gir sykepleieren som kommer innom et tegn med øyne om jeg trenger mobilen min.
"Er det noe annet du trenger før jeg går Viktoria?"
Jeg nikker og peker på skjorta.

Når skjorta er på, går jeg inn i notater på mobilen og skriver navnet hans med spørsmålstegn og viser til sykepleieren. Hun smiler.
"Han sitter på venterommet og kan komme inn når du er klar."
Jeg puster lettet ut og nikker til henne før jeg legger hodet på puta. Jeg hører sykepleieren si;
"Hvis det ikke er noe mer, kommer jeg tilbake om litt."

Døra går igjen med et lite smell og jeg presser øynene igjen i et forsøk på å dempe lyden som går igjen i hodet.

Gjennom vinduet på rommet jeg ligger på, ser jeg James og Scott gå med raske skritt mot døra. James åpner døra på vidt gap og kommer løpende mot meg. Han gir meg forsiktig en klem, redd for at jeg skal få mer vondt. Scott møter blikket mitt fra hjørnet i rommet.
"Godt å se deg, Viktoria."
Jeg prøver å smile et lite smil. James og Scott utveksler blikk og Scott går mot døra.
"God bedring."
Han går ut døra med telefonen inntil øret.

Jeg flytter blikket mitt til James. Han sitter ved siden av meg på senga og ser på meg med tårer i øynene. Jeg strekker meg mot han og legger en hånd på kinnet hans.
"Viktoria, jeg vet ikke hva jeg skulle gjort hvis jeg hadde mistet deg."
Han sitter på sengen med tårevåte kinn, og jeg gir ham en klem.

Vi sitter i armene til hverandre en god stund. Jeg klemmer James litt ekstra før jeg slipper tak. Han ser på meg.
"Jeg er her for deg Viktoria. Jeg klarer ikke tanken på å miste deg."
Klumpen jeg hadde i magen smuldrer bort og jeg kan puste fritt igjen.

Kapittel 9

Det banker på døra og en lege kommer inn. Vi trekker oss fra hverandre, men James blir sittende i sengen sammen med meg. Legen har på seg en hvit uniform under den hvite frakken og har et navskilt med navn og avdeling. Legen ser ned på papirene i hendene sine og så opp på meg. Han leser situasjonen før han rekker hånden mot meg.

"Hei Viktoria, jeg er Dr. Sloan og jeg er legen din. Jeg skal ta deg med til MR og se hvordan skadene dine ser ut. Det er en veldig enkel og smertefri prosess." Han ser bort på James som sitter ved siden av meg i senga og flytter blikket tilbake på meg.

"Er du klar?"

Jeg tar James i hånden og spør med svak stemme

"Kan James være med?"

Dr. Sloan nikker.

"Han kan vente utenfor døra."

Han smiler, og vi tar heisen ned til MR-avdelingen i 4. etasje.

Når vi kommer ut heisdørene, ser jeg rett inn i noen hvite vegger med gråe dører som fører til forskjellige rom. Jeg kjenner nervene i magen og klemmer James i hånden tre ganger. Han ser på meg med et medfølende blikk da vi stopper foran en grå dør der det står MR med hvite bokstaver. Legen går rundt senga og åpner døra. En stor maskin som ser ut som en stor trommel står foran meg. Skal jeg inn i den? Hvordan skal jeg klare det? James ser at tankene surrer i hodet mitt og han smiler et skjevt smil. Stemmen til Dr. Sloan fyller rommet.

"Denne maskinen skal ta bilder av kroppen din. Er

du klar Viktoria?"
Jeg sier forsiktig.
"Ja."
Dr. Sloan og en sykepleier løfter meg fra senga og over på
MR benken. Benken føles hard og kald. Han setter på meg
øreklokker for å dempe lyden fra maskinen. Jeg blir sendt
inn i maskinen og plutselig hører jeg masse dunking når
den starter. Jeg prøver å puste meg gjennom det. Før jeg
vet ordet av det, er det over og maskinen slås av.

...

En uke etter ulykken er jeg endelig tilbake på hytta igjen.
Før jeg dro, sa Dr. Sloan at de første bildene så bra ut og at
jeg kunne reise hjem. James har vært med meg hele tiden.
Jeg er så heldig som har en som tar så godt vare på meg.

Mobilen min vibrerer på det lille bordet ved sofaen. Jeg
leser Dr. Sloan på displayet og får James til å høre etter før
jeg setter på høyttaler.
        "Hei Viktoria og James. Grunnen til at jeg ringer i
dag, er fordi jeg har sett litt nærmere på bildene vi tok for
en uke siden og trenger at dere kommer inn en tur."

En knute tar form i magen min. Han ringer for at vi skal
komme tilbake. Ingen leger ber noen komme tilbake for å
gi gode nyheter. Jeg kjenner usikkerheten komme og hører
James avslutte samtale.
        "Ja, vi kommer i morgen klokka tolv."

James ser på meg med myke øyne.
        "Vi vet ikke at dette er dårlige nyheter Viktoria."
Jeg drar teppet over hodet og sier frustrert
        "Men vi vet ikke om de er gode heller."
James drar teppet forsiktig ned og jeg ser rett inn i de

kastanjebrune øynene hans.

"Vi må ta en dag av gangen, kjære deg."

Klokka er halv tolv dagen etter og vi sitter i bilen på vei til sykehuset. Jeg er et nervevrak. James legger en varm hånd på låret mitt. Jeg legger hånden min over hans og prøver å tenke på andre ting. Blikket mitt lander på vinduet og jeg ser bladene danse i høstvinden.

Før vi går ut av bilen på sykehuset legger James en hånd på kinnet mitt og ser på meg.

"Du prinsessa mi, dette går bra. Jeg er med deg hele veien. Jeg skal ingen steder, ikke glem det."

Kapittel 10

Pulsen øker når vi går inn på venterommet. Hjertet slår så fort i brystet at det føles ut som det skal hoppe ut snart. Jeg ser meg rundt. Små barn sitter og leker med legoklosser på et lite bord i et hjørne, andre leser bøker. James og jeg finner en plass og venter på å bli ropt opp av legen. James holder godt rundt meg. Jeg ser på han med usikkerhet i blikket. Jeg vet at tårene kommer i løpet av dagen.

Venterommet er snart tomt, det føles som vi har vært her i en evighet, når jeg endelig ser Dr. Sloan stikker hodet ut av døra. Vi blir møtt av et varmt smil når han hilser og viser oss veien mot kontoret sitt. Han setter seg på en stol og ser meg inn i øynene. Jeg trekker pusten dypt og hører legen fortelle.

"Nå har jeg sett nærmere på bildene vi tok av beina dine Viktoria."

Jeg får klump i halsen og strekker hånden mot James. Han fortsetter.

"Det ser ut som ryggraden din fikk den verste støyten i ulykken."

Dr. Sloan viser meg bildene av ryggsøylen min.

"Jeg beklager Viktoria, men du kommer gradvis til å miste evnen til å gå. Over tid vil du miste følelsen i beina og bli lam. Fremover vil du kunne oppleve at du vil få muskelsammentrekninger. Dette kan oppleves som smertefullt, men dette er ikke farlig. Du kan ta kontakt med meg hvis du opplever voldsomt ubehag."

Jeg gjør alt jeg kan for å holde tilbake tårene, men jeg klarer det ikke.

Vi går ut av kontoret til Dr. Sloan og James gir meg en klem når vi sitter i bilen igjen. Jeg visste at det var dårlig nytt da legen ringte, jeg visste det. James har en hånd i hele veien hjem.

Tilbake på hytta går jeg ut av bilen og rett inn på rommet for å sove. Jeg er skikkelig utmattet. Men er jeg ærlig med meg selv, tror jeg ikke at jeg kommer til å sove noen ting. Jeg beveger kroppen og prøver å finne en god stilling jeg kan sove i. Jeg ender opp med å ligge på høyre side, med hodet vendt ut i rommet. Blikket mitt flyter rundt helt til øynene mine fester seg på beina mine.

Da går det opp for meg. Etter hvert kommer bena mine til å slutte å fungere, og jeg kommer mest sannsynlig til å leve livet videre i en rullestol. Jeg kjenner følelsen av at blodet koker i kroppen, og at jeg blir varm i kinnene. I et desperat forsøk på å roe ned følelsene, kaster jeg puta til andre siden av rommet i frustrasjon. Det kommer et frustrert hyl, og jeg prøver å dempe det, med en pute som ligger på senga. Jeg gir fra meg et lite brøl og legger hodet på den harde madrassen og sukker tungt. Etter en liten evighet med tunge øyelokk, klarer jeg endelig å sovne, med beina mot magen som en ball.

En pulserende smerte vekker meg plutselig. Tankene mine går i krisemodus. Hvorfor gjør det vondt? Hvor kommer smertene fra? Jeg lukker øynene hardt igjen og kjenner en tåre trille ned kinnet mitt. Det gjør utrolig vondt. Hva er det? Jeg lukker øynene og fokuserer på å puste med magen. Jeg dytter dyna til side og ser bena riste ukontrollert i senga; det samme skjedde i ambulansen, men jeg husker ikke at det gjorde vondt. Jeg kan se at musklene trekker seg sammen og jeg må jobbe for å ikke la tårene trille.

"JAMES!"

Jeg roper så høyt jeg kan ut i rommet. Jeg sitter med ryggen inntil sengegavlen på senga og hyperventilerer da James river opp døra og ser forvirret på meg.

"Det gjør så vondt."

James møter blikket mitt.

"Kan jeg prøve å massere beina dine og se om det hjelper?"

Jeg nikker og håper virkelig at det vil hjelpe. Han løper og finner en bodylotion fra badet.

Jeg holder blikket festet på ansiktet hans for å fokusere på noe annet da han skrur av lokket på boksen med bodylotion, og tar en liten håndfull og begynner å smøre utover beina mine. Jeg kjenner at varmen fra hendene hans gjør at blodsirkulasjonen kommer sakte, men sikkert tilbake, og muskelspenningene avtar.

"Husker du at legen sa at du kommer til å oppleve muskelsammentrekninger Viktoria? Det er ikke farlig jenta mi."

Jeg ser på James som fortsatt er rolig.

"Sloan sa også at du vil komme til å få dårlig blodsirkulasjon i beina etter ulykken og at du kan oppleve at beina blir kalde, og av og til blå. Så fort du blir varm blir fargen borte."

Jeg kjenner varmen øke i beina og er takknemlig for at og smertene gir seg, og jeg lener meg tilbake og slapper endelig av. Jeg har aldri vært så takknemlig for varme som det jeg er akkurat nå. Jeg hvisker; "Tusen takk James," før jeg lukker øynene og sovner.

Kapittel 11

James ligger tett inntil meg med armene godt rundt meg,
når jeg våkner neste morgen. Varmen fra kroppen hans
gjør meg god og varm. Jeg vil sove lengre, men smertene i
beina er tilbake, så det går ikke. Jeg ligger i senga og ser
ut vinduet fra rommet i hytta. Enda flere blader har falt
ned fra trærne i løpet av natten. En tanke slår meg; det er
snart vinter og snøen kommer snart. Før gledet jeg meg til
vinter og snø, men nå bekymrer det meg.

Jeg kjenner at et varmt og forsiktig kyss plantet i nakken
min. Når jeg snur på hodet og James ser på meg med
myke øyne. Jeg ser sikkert forferdelig ut, og følelsen av
fortvilelse bygger seg opp. Han smiler.
"Hva har du lyst å finne på i dag Viktoria?"
Jeg løfter blikket, og prøver å sette meg opp i senga.
James begynner å kile meg og jeg ler så mye at jeg mister
balansen og ramler ut av senga.

En latter kommer fra James og jeg ser på han med et
oppgitt fjes.

James setter seg på sengekanten og legger en hånd under
haken min, og tilter hodet mitt opp mot han.
"Jeg har et forslag", sier James.
Jeg kjenner at jeg bare lyst å ligge i senga i dag, men jeg
vet det er dumt, så istedenfor prøver jeg å lytte til det
James sier. Han fortsetter: "Hva om vi starter dagen med
en god frokost, ringer til Dr. Sloan, og etterpå blir du med
i studio?"
Jeg lyser opp når jeg hører James skal i studioet igjen. Han
har ikke vært der siden før ulykken, så det er bra han skal
tilbake. Jeg nikker og får en god klem.

69

Senere kommer James ut av badet, påkledd i joggebukse, en hvit singlet og rufsete hår. Når han står ved senga mi, ser han på meg med et søtt blikk som gjør at jeg smelter.

Jeg går for å stelle meg. Heldigvis får jeg det fortsatt til på egenhånd. Nå må jeg gjøre alt jeg har muligheten til å gjøre selv, før det er for sent. Ute av badet ser jeg at senga er redd opp og James går og rydder. Jeg synker ned i sofaen for å hvile bena.

James må være tankeleser, for han kommer bort og legger et teppe over beina mine, for å holde de varme. Han ser på meg før han sier: "Kjære Viktoria. Jeg tror jeg vet hva du tenker: At jeg ikke alltid skal være der for deg, men jeg vil være der."

James går til det lille kjøkkenet og går i gang med å lage frokost. Han finner fram en stekepanne og begynner å steke et par egg til hver av oss.

Maten er kjempegod. På bordet står det arme riddere, egg og bacon. James er god til å lage mat. Vi sitter rundt bordet, og jeg får en trang til å si noe. Jeg ser rett på den fine gutten som sitter overfor meg, trekker pusten og hopper i det.
"Jeg er så uendelig takknemlig for alt du er og gjør for meg, James. Både før ulykken og nå."
Jeg kjenner tårene komme. James skal til å komme bort, men jeg holder opp en hånd og han lar meg fortsette.
"Jeg er så glad for at du er akkurat den du er. Når du kom inn i livet mitt, forandret alt seg, og det føles godt."

Jeg får ikke fram et ord til før James kommer løpene rundt bordet. Han drar ut stolen og tipper ryggen forsiktig bakover, og gir meg små myke kyss på leppene mine, før han stryker meg på kinnet, og snakker med sikkerhet i stemmen når han sier:

"Jeg elsker deg så høyt Viktoria."

Jeg må nesten klype meg i armen når jeg tenker på hvor heldig jeg er, som har det livet jeg har drømt om. Tenk at jeg får dele det med James. Den gutten får meg til å glemme alt annet. Vi lever i vår egen lille verden når vi er sammen. Han ser meg, på ekte. Det er jeg utrolig glad for.

Kapittel 12

Jeg tar fram mobilen og skal ringe Dr. Sloan, når James ser på meg. Vi hører mobilsummingen høyt i rommet og hører legen svare på andre siden av røret. "Hei Viktoria."
Jeg svarer: "Hei, jeg har et par spørsmål jeg håper du kan svare på."
"Ja, kjør på," sier han med lystig stemme.
Etter at jeg har forklart situasjonen min til legen, hopper James inn i samtalen.
"Hva kan jeg gjøre for å hjelpe Viktoria med muskelsammentrekningene hun får?" Han har tatt fram en liten blokk hvor han skriver ned alle forslagene Dr. Sloan sier. Etter samtalen med legen føler jeg at jeg sitter med mer informasjon, slik at jeg lettere kan håndtere smertene neste gang.

Det at James tok frem skriveblokken sin for å notere ned tips fra legen, syntes jeg er veldig hyggelig. Det viser bare at James bryr seg om meg. Sammen med Nickolas følte jeg meg ikke like godt ivaretatt og trygg. Det er godt å kjenne at jeg er trygg her jeg er nå.

James og jeg har ikke kunngjort at vi er et par på sosiale medier enda. Jeg vet at det er risikoer ved å gjøre det, med tanke på alle mediene som kommer til å følge med på oss. Ikke minst fansen hans, men jeg er klar for det som kommer. James møter blikket mitt og sier:
"Jeg tror jeg har en plan Viktoria. Hva om vi synger duett på neste konsert? "
Jeg ser spørrende på ham. James fortsetter:" For å vise

73

fansen at vi er sammen?"
Jeg tenker litt, lyser opp, og kjenner at adrenalinet i
kroppen øker. James kikker på meg med spørrende blikk.
"Dette er en fantastisk idé. Det går vi for," svarer
jeg.
James skriver en melding til teamet og spør om hjelp til å
gjennomføre planen. Spenningen i kroppen når han
trykker send, og venter på svar.

Vi kommer til studio A og James tar hånden min med et
smil om munn. Jeg kjenner på en følelse av trygghet når
James går inn i boksen og inn i sitt element. Tenk at jeg
kan være en del av denne prosessen, det er fantastisk.

Vi avslutter den siste tiden i studio med å øve på duetten
vi skal synge på konserten. Jeg ser på gutten med
kastanjebrune øyne med håp i blikket.
"Hva tror du, James?"
Han later som han tenker lenge, og når jeg kjenner jeg
mister tålmodigheten, ser han på meg og smiler stort:
"Du synger helt nydelig Viktoria."

I bilen på vei tilbake til hytta, hviler jeg hodet på
skuldrene til James etter en super økt i studio. Tanken på
et nytt album blir spennende. James er perfeksjonist, og
jeg vet at musikken han lager blir bra uansett. Det kommer
meldinger på mobilen og jeg leser kjapt før jeg viser den
til James.
"Teamet er med."
Han ser på meg og smiler stort.

Når bilen stopper foran inngangsdøra og jeg åpner bildøra,
ser jeg små snøfnugg ligge som et teppe på bakken. Jeg
lukker døra og blir stående å ta øyeblikket innover meg.
James gir meg en klem bakfra. Han legger haken på

skuldrene mine. Vi står ute i lang tid, før James hvisker i øret mitt.

"Vet du hvor glad jeg er i deg Viktoria?"

Jeg møter blikket hans og smiler til ham. Øynene hans er tydelig synlige i det skarpe lyset som kommer fra snøen.

Kapittel 13

Dagen etter sitter jeg i min egen boble ved skrivepulten på rommet og skriver ned planen i en liten notatblokk. Jeg skvetter til når jeg ser James stå lent inntil dørkarmen. Han står der uten å si noe og jeg blir sittende å se på han. Lenge. James lar armene henge i dørkarmen, og jeg kan se musklene hans komme til syne, og varmen går gjennom hele kroppen. Blikket mitt er fremdeles på han. Jeg er fullstendig klar over at han vet at jeg stirrer, men jeg klarer ikke slutte. Han smiler mot meg.

"Jeg lurte på om du hadde lyst å se en film seinere, Viktoria, men du ser litt opptatt ut."

Jeg ler, rister på hodet og sier: "Jeg er ikke opptatt."

James kommer bort, og han løfter meg forsiktig ned på senga. Jeg tror han skal til å kile meg, men istedenfor ser han meg i øynene, legger kinnet inntil øret mitt og hvisker rolig.

"Jeg elsker deg Viktoria."

Jeg blir borte i øyeblikket og mister pusten. Den setningen hører jeg stadig vekk, men å høre han si de ordene nå, betyr så mye mer etter ulykken. Jeg trekker pusten dypt.

"Jeg elsker deg, gutten min."

James ser på meg, med kjærlighet i blikket.

"Det har du aldri sagt til meg før."

Et smil sprer seg på leppene mine.

"Vet det. Jeg ville si det til deg når vi var i studio den dagen, men jeg turte ikke."

Jeg gransker ansiktet hans.

"Er det greit at jeg sier det, liker du det?"

Han ser på meg med et lurt smil.
"Jeg elsker deg Viktoria."
Han tar meg i hånden og vi går ut til stua for å finne en film. Vi rekker omtrent tjue minutter før vi sovner på sofaen.

...

Stemmen til en i teamet til James er klar og tydelig når vi våkner brått, og ser at hele teamet står over oss. Scott er den som tar ordet.
"Hei dere!"
Jeg sperrer opp øynene og tar inn det som skjer rundt oss.
"Hva er planen Viktoria?"
Scott ser på meg med et spørrende blikk. Jeg tar fram notatblokken og forteller: "Vi har lyst til å gå ut på scenen, og synge en duett, for å overraske fansen."
Ordene kommer lettere ut enn jeg trodde. De andre ser på hverandre, før de nikker til meg. Amelia ser på meg med et smil.
"Vi skal gjøre alt vi kan for å hjelpe dere."
Overraskelsen høres i stemmen min.
"Er det sant? Dere har ingen anelse om hvor mye dette betyr for oss, tusen takk."

Kristoffer kremter og klapper sammen hendene en gang, skremmer meg og får meg til å hoppe til i sofaen.
"Ja vel, hva starter vi med?"
Jeg trekker pusten dypt og prøver å ta en ting av gangen. De andre ser på oss.
"Spennende. Dette kan bli skikkelig gøy og for en overraskelse til fansen! Jeg syns det er fint at du vil prøve noe nytt Viktoria. Du er modig og jeg vet at du får til det

du vil. Du har blitt som en del av familien."
Jeg strekker meg mot Amelia og gir henne en klem.

Kapittel 14

I hytta blir det endelig stille. Teamet har reist og vi er alene igjen. Jeg ser James fyre i peisen og jeg kjenner at jeg trenger å strekke på kroppen. Musklene i beina begynner å gjøre vondt, så jeg prøver å sette meg ned foran peisen, i håp om at det skal hjelpe.

Beina krøller seg under meg, jeg mister balansen og faller med magen ned mot teppet. Jeg prøver å sette meg opp igjen, og James kommer ned bak meg, og jeg lener ryggen mot ham. Jeg ser på han og kjenner tårer fylle øynene mine.

"Jeg begynner å kjenne at kroppen svikter."

James holder rundt meg i et fast grep.

"Prøv å husk hvor verdifull du er, og at du har folk rundt deg som er glad i deg."

Når jeg ser på han, ser jeg en fyr som virkelig gjør alt han kan for at jeg skal ha det bra. James tar et par dype pust og fortsetter.

"Du er like mye verdt nå, som du var før ulykken."

Jeg klarer ikke ta til meg det han sier. James legger hendene forsiktig på kinnene mine og stryker meg rolig. Jeg trekker pusten dypt. Hjertet mitt smelter. Hvordan endte jeg opp med verdens fineste gutt?

...

Det er lørdag, og denne dagen har jeg grugledet meg til lenge. James gjør seg klar til ny konsert og det samme gjør jeg. Det er nå vi endelig skal overraske fansen. Tanken gir meg sommerfugler i magen og jeg gleder meg.

Jeg står opp, går på badet, hele meg ser ut som et fugleskremsel. Håret mitt er satt opp i en dott fra i går. Jeg ser febrilsk etter hårbørsten og begynner å gre igjennom håret. Klokka på veggen er bare ni, det er elleve timer til konserten, og jeg legger meg under dynen igjen.

James kommer inn på rommet med et lite brett fullt med mat og et stort smil.
"Er du sulten Viktoria?"
Da jeg skal til å svare, kommer det en høy rumlelyd fra magen. James ler.
"Jeg hører at du er sulten jenta mi. Har du sovet godt?"
"Ja, men jeg ser sikkert forferdelig ut."
Han stryker meg på kinnet.
"Nei da, du er fantastisk Viktoria. Jeg liker deg akkurat som du er."
Han drar meg inn i en klem og jeg slapper av i armene hans.

Etter vi har delt en god frokost i sengen, setter jeg tallerkenene tilbake på brettet og smiler.
"Takk for maten. Det var akkurat det jeg trengte i dag. Du er best."

Timene går sakte. James og jeg står og venter på å bli hentet av teamet til James utenfor hytta. Endelig sitter alle samlet i bilen som kjører oss til konserten. Denne gangen åpner dørene klokka sju. Hodet klarer ikke slappe av, jeg er så klar for å overraske fansen, men gruer meg til å synge foran alle disse menneskene. Amelia smiler spent til meg og jeg puster ut og tenker på alt som skal skje. Dette klarer jeg. Nå skal du ha det gøy.

Jeg ser på all snøen som detter fra skyene. Vi svinger inn

mot parkeringsplassen til konsertlokalet. James åpner bildøra på min side. Jeg kjenner på alle følelsene på en gang og babler om alt og ingenting på vei mot inngangen.

Inne i bygningen stopper James opp. Han ser på meg med et varmt smil, og lener seg mot meg for å kysse meg mykt på leppene. Det får meg til å smile stort, og jeg trekker ham nærmere for å holde kysset litt lenger. Da kjenner jeg sommerfuglene i magen. Han visker noe i øret mitt.

"Bare vent til etter konserten Viktoria."

Han blunker lurt til meg, og jeg prøver å skjule smilet mitt når teamet kommer inn døra.

"Ha en god konsert dere to."

To timer senere er det mye som skjer backstage. Jeg prøver å holde nervene i sjakk og sitter og trekker pusten dypt. Jeg prøver å fokusere, når jeg ser Amelia stresse rundt. Vi får øyekontakt og jeg vinker henne mot meg. Jeg smiler.

"Det går bra Amelia, det blir en bra konsert."

Amelia senker skuldrene når hun sier: "Takk Viktoria." Hun fortsetter og jeg venter på at konserten skal begynne.

Nå er det bare ti minutter til konserten starter, og jeg har vondt i magen. Scott kommer bort til meg og smiler.

"Er du klar Viktoria?"

Jeg rister kraftig på hodet og kjenner på rundstykket som er på vei opp igjen fra lunsjen. Han gir meg en hånd.

"Slapp av, det blir gøy. Bare glem alt rundt deg og ha fokus på dere, så går det bra."

Jeg rekker ikke å tenke på noe annet, før klokka viser åtte. Jeg puster ut og ser James gå på scenen fra siden. Det knyter seg i magen, nervene tar overhånd, og jeg aner ikke hvor jeg skal gjøre av meg. Men jeg trekker pusten og prøver å nyte konserten før jeg skal synge.

James synger helt fantastisk, og jeg glemmer både tid og sted. Jeg står med lukkede øynene når Amelia stryker meg på ryggen og hvisker.

"Nå kan du gå ut på scenen, Viktoria."

Jeg ser bare på James og glemmer alt rundt meg, og går med stødige skritt til midten av scenen. Det er som om jeg lever i en drøm. Han møter meg der, på midten av scenen. Musikken starter og der er vi i gang.

Publikum hyler av full hals. Stemningen er til å føle på. Dette satte de pris på. James kikker på meg, og trekker meg inntil seg og gir meg et kyss på munnen. Publikum tar helt av.

Jeg vinker til fansen idet jeg går av scenen, og faller sammen i armene til Amelia.

"Helt fantastisk Viktoria."

Hun holder godt rundt meg og gir meg en god klem.

"Dette gikk over all forventning. Jeg visste du ville klare det."

Jeg smiler og er lettet over at det hele er over. Men samtidig var dette veldig gøy.

...

Bilen kjører opp innkjørselen til hytta, og vi er endelig hjemme igjen. Jeg kjenner hvor trøtt jeg er, etter at adrenalinet er ute av kroppen. Jeg går og steller meg, klar for senga. Tenk alle opplevelsene jeg får dele med James, og denne kvelden kan bare være starten!

Ute i stua igjen har jeg fått på meg pysj og kjenner at det lukter kakao. Jeg gir James en klem, når han har helt

kakao i koppene som står på benken.
"James jeg har tenkt litt på hva jeg skal gjøre
framover og jeg har sett litt på ulike universitet på nettet."
Han ser på meg med interesse i blikket og jeg fortsetter
"Det har jeg har lest ser spennende ut, men jeg har
ikke bestemt meg enda."
James går stille bort til sofaen med koppen sin.
"Hvordan ser du for deg de neste seks månedene
James?"
Han svarer enkelt.
"Vi er fortsatt sammen og jeg har forhåpentligvis
turt å fri."
Sier han med et kjempestort smil og røde kinn.

Kapittel 15

I ukene etter duetten med James, har jeg opplevd at følelsen i beina blir stadig svakere. Jeg prøver å ikke tenke på det, men når jeg en dag rydder foran peisen og plukker opp et teppe, mister jeg plutselig balansen og lander i gulvet med et dunk. Jeg blir sittende på gulvet og se på bena mine riste.

"Viktoria?"

James kommer løpende ut av rommet vårt og jeg sitter foran peisen med øynene fulle av tårer.

"Jeg var sikker på at jeg hadde bedre tid, før følelsen i beina ble borte."

James gir meg en klem og jeg blir sittende å hulke i armene hans.

"Du kan fortsatt leve et fullverdig liv selv om beina dine fungerer på en annen måte." Det blir stille, men så legger han en hånd på kinnet mitt før han fortsetter.

"Livet byr på utfordringer iblant. Dette er bare en av dem jenta mi, dette klarer vi sammen."

James løfter meg opp fra gulvet, og inn på rommet i senga. Kort tid etter sovner jeg.

Tidlig neste morgen reiser vi til sykehuset, for å få tilpasset en rullestol. Under frokosten ringte jeg Dr. Sloan. Jeg kjenner at jeg gruer meg til den nye hverdagen.

Vi blir møtt av legen og en ergoterapeut etter en stund på venterommet. Den nye stolen blir tilpasset sammen med ergoterapeuten før vi er ferdige.

"Ikke nøl med å gi beskjed hvis det er noe som trengs å endres med puta eller andre ting på stolen."

Ergoterapeuten holder døren oppe når vi er på vei ut. Den nye hverdagen starter nå.

På bilturen på vei hjem er hodet fullt av tanker. Hvordan kommer hverdagen til å bli med rullestol? Kommer jeg til å komme meg fram dit jeg trenger å være? Jeg triller mot inngangsdøra på hytta, åpner og ser inn. Jeg legger merke til et lite håndtak på innsiden av døra. I tillegg ser jeg alle de små justeringene som er gjort i hytta for at ting skal bli enklere for meg og komme meg rundt. Jeg ser en smilende James stå ved siden av meg. Plutselig renner tårene. Det er veldig fint at James har ordnet alt dette for meg, men også veldig rart å tenke på at jeg kunne bruke beina for et døgn siden.

Senere på dagen sitter jeg og ser igjennom alle skolene jeg har sett på tidligere. Jeg er fast bestemt på å lande på en skole jeg skal søke på. Det ser ut som søknadsfristen er 15. april, på de fleste skolene. Jeg har bestemt meg for å søke meg inn på økonomistudiet. Jeg hører stemmen til James fra døråpningen.

"Så spennende at du skal gå på skole i Viktoria. Jeg gleder meg til å se hvilken du lander på, men nå har jeg en overraskelse til deg på kjøkkenet."

Vi går inn på kjøkkenet, der det er dekt på med fine lys på bordet og natchos står på menyen. Jeg ser overrasket over at han og James bare smiler fra øret til øret når jeg sier:

"Kjæresten min, hva har jeg gjort for å få lov til å fortjene deg?"

James ser sjenert på meg.

Jeg setter meg inn til bordet og møter blikket til James idet han setter seg.

"Jeg vil vise deg hvor mye jeg setter pris på deg, og at ingenting er forandret siden ulykken."
Jeg tar til meg det som blir sagt, og ser takknemlig på han. Vi spiser en middag som jeg kommer til å huske i lang tid framover.

Det går ikke en dag uten at jeg er innom e-posten min. Jeg venter på svar fra universitetet i California. Skuffelsen blir større og større når jeg ikke får svar. Jeg prøver å få tiden til å gå, ved å drømme meg bort i alle bøkene jeg kan lese i mellomtiden.

Litt utpå ettermiddagen bestemmer jeg meg for å lage en enkel middag til James. Jeg ser i skapene og finner to pakker med nudler og litt grønnsaker.

Jeg legger til et kokt egg i hver skål med nudler og grønnsaker, idet døra åpner seg og James roper: "Jeg er hjemme igjen jenta mi."
En følelse av glede går igjennom kroppen og jeg smiler.
"Bare kom på kjøkkenet."
Jeg hører James komme inn med sko og jakke når han står i døråpningen. Jeg hører overraskelsen i stemmen hans.
"Har du laget middag til oss?"
Jeg skyver grytene av platene og slår av komfyren.
"Jeg ville lage mat til deg, siden du alltid er så snill og lager mat til meg. Derfor ville jeg gjøre noe tilbake."

Telefonen til James ringer.
"Det er Scott."
Jeg smiler, før han går mot gangen. Jeg legger oppvasken i maskinen og venter på at han skal komme tilbake. Scott pleier ikke ringe så seint på kvelden og lurer på hva som skjer. Hva kan det være? Etter en liten evighet, kommer James til stua med en trist mine. Jeg holder pusten.

"Du, hva skjer?" spør jeg.
"Teamet mitt vil at jeg skal på turne med den nyeste plata mi."
Tankene surrer rundt i hodet før jeg åpner munn.
"Hvorfor er du så trist? Det høres ut som en fin ting kjære deg. Hvorfor er du så trist?"
Jeg smiler skjevt. Han puster tungt og jeg gir han en klem og holder litt ekstra lenge når jeg kjenner varme tårer gjøre kinnet mitt vått.
James ser på meg med røde øyne, og han trekker seg unna. "Turneen skal være i USA. Det vil si at jeg må reise fra deg jenta mi. Den varer minst seks måneder." Hodet stopper opp og blikket står fast på klokka i stua. Kommer vi til å klare et langdistanseforhold? Jeg vil gjerne tro det, men helt ærlig vet jeg ikke. Men jeg er villig til å gjøre alt jeg kan for at det skal gå, det er sikkert. Men hva tenker James?

James sitter med hodet begravd i skulderen min og snufser. Jeg løfter forsiktig hodet hans og ser bestemt på han.
"Hva vil du?"
Han ser ut som et spørsmålstegn. Flere minutter går, før han svarer meg med trist stemme.
"Viktoria, jeg vil på turne."
Kroppen min kobler ut, og før jeg vet ordet av det nikker jeg forsiktig til han. James overrasker meg når han fortsetter:
"Men jeg vil ikke miste alt vi har."

Kapittel 16

James drar meg inn i armkroken sin når jeg gråter i sofaen. Jeg trekker pusten dypt og kjenner lukten av den gode parfymen han alltid har på seg. Jeg tør nesten ikke spørre, men jeg må vite når James drar, så jeg retter meg opp i armene hans og spør med rolig stemme: "Når reiser du?"

"Om to uker fra i dag, så vi må gjøre det vi kan sammen nå, med den tiden vi har."

James klemmer meg hardt.

"Viktoria, jeg er fast bestemt på at vi skal få det til. Jeg er sikker på at forholdet vårt holder."

Jeg nikker.

"Vi besøker hverandre hvis vi får det til, men holder kontakten hver dag."

Han smiler stort.

Vi fyller dagene med å dra på bowling, ut å spise og lage mat sammen. Jeg prøver å glemme at James skal dra, nå når de to ukene snart har gått. Vi koser oss på sofaen med film og popcorn, når tankene på at han skal reise dukker opp. Jeg får tårer i øynene og holder blikket fast på tv-en. Jeg sier plutselig.

"Kan jeg være med til flyplassen?"

James slår av tv-en og ser meg i øynene. Han tar hendene mine i sine, og ser spørrende på meg. Når han ser på meg, er det som om han ser hva jeg tenker og jeg blir sittende uten å si noe som helst før han fortsetter.

"Selvfølgelig kan du være med på flyplassen. Jeg vil gjerne være sammen med deg så lenge som mulig. Jeg hadde blitt lei meg hvis du ikke ble med."

91

Han kysser meg mykt på pannen og jeg kjenner på en lettelse.

...

Et par timer senere hører jeg det tikke inn en mail på telefonen min. Jeg leser den første setningen i e-posten.

"Kjære Viktoria

Det gleder oss å meddele at du har fått plass her hos oss, på halvårsstudiet i økonomi på Universitetet i California."

Jeg blir så glad at jeg slipper ut et gledeshyl. James kikker spørrende på meg.

"Jeg har kommet inn på universitetet i California. Oppstart på skolen er 30. august."

James løper mot meg og gir meg verdens beste bamseklem.

"Jeg er så stolt av deg. Du klarte det. Det betyr jo at vi ikke blir så langt fra hverandre som vi trodde."

Scott og Amelia kommer inn døra på hytta og lurer på hva som skjer.

"Viktoria kom inn på skolen hun søkte på i California!" sier James.

Jeg dobbeltsjekker en gang til for å være sikker på at det er sant. Amelia smiler og jeg spør med glede.

"Kan du være med den første uka? Jeg vil ikke reise alene."

Hun nikker, før hun gir meg en klem og jeg bobler over av glede. Vi kommer til å være nærmere hverandre. James løsner beltet på rullestolen min, tar meg i armene sine og han snurrer meg i de trygge armene sine. En følelse av frihet faller over meg. Jeg klarer ikke la være, og lener meg bakover i armene hans mens vi snurrer rundt i rommet. I det øyeblikket er det oss to mot verden, og jeg elsker det.

Kapittel 17

Natten før James drar på turné, har jeg mareritt om at Nicolas er utro. Noe som faktisk skjedde. Jeg trodde jeg var ferdig med Nickolas, men underbevisstheten min sier noe annet. Jeg vrir meg i senga og prøver å våkne, uten hell. Bildene fra marerittet, tar meg tilbake til dagen jeg gikk inn på soverommet og fant han med en annen.

Det som skjer i drømmen er krystallklart, og marerittet går over i et angstanfall. Kroppen fryser, og jeg blir liggende i senga og gir fra meg et hyl. James skvetter til og legger seg inntil meg. James tørker bort svetten jeg har i pannen. "Vil du fortelle hva som skjedde?" Jeg trekker pusten dypt og forteller. "Jeg hadde et mareritt om Nickolas, der jeg gjenopplever utroskapen hans. Det hele endte med at jeg fikk et angstanfall."

Jeg kjenner varme tårer fylle øynene mine, og de renner nedover kinnene når jeg blunker. Han tar imot tårene mine med en varm hånd på kinnet mitt. Det blir stille i rommet en lang stund, før noen av oss sier noe.

"Tanken på at noen kan gjøre noe sånt mot deg, gjør meg utrolig vondt Viktoria." James trekker meg enda nærmere seg, som om han ikke vil slippe meg. Jeg kan høre hjerteslagene dunke hardt i brystet hans. Uten å si noe mer, legger jeg hånden min over hjertet hans, blikkene våre møtes og jeg kysser ham mykt på leppene.

...

Dagen jeg har gruet meg til er kommet. James skal dra på turne. Jeg vil at James skal følge drømmen sin, for all del. Men jeg hater tanken på at han må dra fra meg for å gjøre det.

Dagen brukes til å hjelpe han med å pakke alt han skal ha med seg. Han pakker for et halvt år, så det blir mange ting å huske på. Jeg vet det er dumt, men jeg tar meg selv i å se på klokka tusen ganger i løpet av dagen. Flyet til James går klokka 18.00. Han ser på meg med et trist blikk. Jeg drukner ansiktet i hettegenseren hans og klemmer han hardt. Jeg kjenner James kysse meg lett på hodet og jeg ser han inn i øynene. Jeg kan se tårene vokse i øynene hans. Og nå er det min tur til å tørke hans tårer. En av de mange tingene jeg elsker med James, er at han ikke er redd for å vise hva han føler. Det setter jeg pris på.

Timene flyr av gårde. Plutselig sitter jeg i baksetet i bilen sammen og vi klamrer oss i hverandre. Scott sier forsiktig;
"Vi er framme nå."
Han går ut av bilen og lar oss sitte litt til, før James åpner bildøra. Han løfter meg ut av bilen og hjelper meg i rullestolen. Jeg kysser han forsiktig på kinnet før vi går inn på flyplassen.

Innenfor dørene er det et organisert kaos rundt oss. Alt går litt fortere, og det skjer flere ting på en gang. Jeg klarer ikke feste blikket. Stresset tar over og jeg tar James i hånden og klemmer tre ganger. Han møter blikket mitt og smiler og kysser meg på hånden. Samtidig ser Scott seg litt rundt og sier høyt.
"Vi har fortsatt tid til å spise. Jeg er i hvert fall sulten."
Scott går mot et pizza-sted og vi følger etter. James drar på seg hetta og solbrillene. Jeg hadde nesten glemt at James, som er kjæresten min, også er en kjent artist.

James og jeg går etter Scott som har funnet en plass til oss lengst unna inngangen til restauranten. Amelia og Kristoffer kommer etter oss, og snart er vi samlet rundt bordet. James setter seg ned, og jeg aker meg inn ved siden av ham i sofaen. Etter vi har spist sitter jeg i min egen lille boble og beundrer James. Jeg klarer ikke slutte å se på de fine smilehullene hans som kommer til syne når han smiler. I sidesynet mitt ser jeg at Amelia ser på klokka, før hun ser på oss. Jeg vet hva det betyr og begynner å gråte med en gang. James tar tak i haken min og snur hodet mitt mot ham og ser på meg og smiler søtt. Det gjør at tårene til å trille enda mer, og vi må le litt av hele situasjonen. Vi sitter sammen i noe som føles som en liten evighet før Amelia kremter og viser tegn mot døra.

Jeg aker meg bortover sofaen og jobber for å holde fokus på det jeg gjør. Da jeg kommer til kanten, sitter James i rullestolen min med beina på fotbrettet. Armene er rettet mot meg og han smiler stort.
"Kom her da, prinsessa mi."
Synet av han får meg til å smelte fullstendig og jeg snur meg rundt så jeg kan sitte på fanget hans.
"Du er sprø, vet du det?"
James bare ler, og jeg kjenner den varme pusten hans streife kinnet mitt i det han hvisker i øret mitt.
"Du gjør meg sprø Viktoria."
Akkurat da stiger pulsen min og jeg smiler fra øre til øre.

Vi triller bort til sikkerhetskontrollen. Det går opp for meg at det er bare minutter til jeg blir alene, og det føles ut som jeg skal kaste opp. Akkurat da hører vi fra høyttalerne: "Flyet fra Oslo til USA har avgang om femten minutter. Vi ber alle passasjerer om å gå til gaten og ønsker alle en god tur."

James tar meg inn i en klem og jeg lar tårene trille i armene hans. Han løfter meg så jeg lander med beina på hoftene hans, og jeg holder rundt ham når han sier høyt: "Jeg elsker deg Viktoria."

Jeg vet at folk rundt ser på oss, men før jeg rekker å bli flau, tar han fjeset mitt i hendene og kysser meg hardt på leppene. Gutten med kastanjebrune øyne ser på meg, og jeg skvetter til når James overrasker meg med å kysse meg en siste gang.

Han løfter meg trygt tilbake i rullestolen og på vei ned hvisker jeg han rolig i øret.

"Jeg elsker deg gutten min, vi sees snart."

James går igjennom sikkerhetskontrollen, og jeg blir sittende å se etter han før jeg triller ut av avgangshallen og finner Amelia. Hun blir igjen her med meg, mens Kristoffer og Scott drar med James på turne. Amelia kommer senere.

Kapittel 18

Amelia gir meg en klem.

"Viktoria, han kommer tilbake så fort han kan."

Jeg tørker tårene og nikker. Vi finner bilen og kjører hjemover. Når bilen stopper foran hytta, sier jeg "Hade!" til Amelia og hun drar hjem. Jeg finner senga og legger meg til å sove, ganske sliten etter en lang dag med mye følelser.

Dagen etterpå våkner jeg til en melding fra James.

"Hei Viktoria

Jeg savner deg allerede. Vi har akkurat landet i Bosten og er på vei til hotellet nå. Turneen starter her i morgen kveld. Jeg vet at vi kommer til å klare dette sammen. Jeg tenker på deg hele tiden og gleder meg til vi sees! Glad i deg. James."

Jeg smiler stort og sender en melding tilbake.

"Hei gutten min!

Så bra dere er framme, håper at alt er bra med deg. Ønsker deg en god konsert. Jeg savner deg også, men vi sees så fort vi har mulighet. Lykke til og kos deg masse i morgen. Snakkes."

Idet jeg skal sende meldingen, bestemmer jeg meg for å sette et hjerte på slutten og kjenner sommerfuglene hoppe i magen.

Tiden går utrolig sakte nå som jeg er alene hjemme i hytta.

Avreisedagen nærmer seg, og jeg er i gang med å pakke.

Amelia kommer en tur og vi bestiller billetter sammen. I mellomtiden fyller jeg dagene med gode bøker. Over tid har jeg lært å like å være i mitt eget selskap. Nå kan jeg sitte og lese i timevis. Jeg får en "god- morgen-melding" og en "godnatta- melding" av James hver dag. Vi sender meldinger i løpet av dagen også, men på grunn av tidsforskjellen, er det ikke alltid vi når hverandre på rett tidspunkt. Det er lettest for James å sende meldinger, fordi han er så opptatt med turneen. Nå som jeg er alene i hytta, bestemmer jeg meg for å legge ut leiligheten jeg hadde med Nickolas ut for salg. Tankene går tilbake til at James er klar til å fri om kort tid. Pulsen stiger av tanken og jeg smiler.

Etter flere uker med pakking og venting, ser jeg over pakkelisten jeg fikk på mail fra California en gang til. Jeg er så spent! Nå går jeg bare og teller ned til avreise. Jeg sender en melding om hvordan det går før jeg reiser til James.

"Dette blir bra, jeg er så stolt av deg, jenta mi! Lykke til. Gleder meg til vi sees! Du er god!"

Når jeg leser meldingen fra James, blir jeg fylt av ny selvsikkerhet. Noe jeg trenger når jeg skal hoppe inn i et nytt eventyr. Amelia banker på døra noen timer seinere.
"Hei du, er du klar for California?"
Hun kommer smilende inn og kaster seg inn i en klem. Jeg kjenner spenningen i lufta og jeg sier usikkert.
"Kanskje. Jeg vet ikke Amelia. Det er skummelt å tenke på at vi reiser til andre siden av jorda. I tillegg reiser jeg med rullestol."
Jeg snakker så fort at jeg nesten mister pusten fordi jeg er så stressa. Amelia ser på meg.
"Det går bra Viktoria, vi løser det sammen. Nå

foreslår jeg at vi setter på en god film og legger oss tidlig."
Jeg må le litt, takknemlig for å ha sånne folk rundt meg.

Dagen for avreise har kommet og Amelia hjelper meg med å pakke de siste tingene. "Det spørs om vi ikke trenger et ekstra fly?" sier Amelia. Jeg ler en god latter. "Det er viktig å få meg seg alt vettu, men kanskje det hadde vært kjekt med to fly?"

Alarmen på mobilen går klokka fem dagen etter, men jeg har vært oppe siden klokka fire, fordi jeg ikke fikk sove.

Vi parkerer bilen, og kommer oss inn på flyplassen og gjennom sikkerhetskontrollen. Vi slapper av med en kaffe før vi går inn på flyet. Vi finner plassene våre og jeg er skikkelig nervøs før flyet letter fra bakken. Da slår realiteten inn. Jeg skal faktisk gjøre dette. Reise til California og gå på universitetet der. Det er bra at jeg reiser med Amelia, for det er skummelt å reise alene.

Første flytur med rullestol går overraskende bra, og jeg sover omtrent hele turen utenom en halvtime før vi lander. Brått står flyet på bakken, og jeg blir sittende igjen som en av de siste i flyet. Amelia sitter ved siden av meg. Men det sitter også en mann i setet ved siden av Amelia. Han kikker rart på oss før han spør.
"Unnskyld, skal dere ikke av flyet?"
Jeg ser på han og nikker. Mannen spør igjen.
"Hvorfor reiser du deg ikke da?"
Spørsmålene hans setter meg litt ut, så det går litt tid før jeg svarer.
"Det skulle jeg gjerne gjort, men jeg trenger stolen min for å flytte på meg, så det går ikke."

Reaksjonen til mannen sier hvor flau han er.

"Beklager, det tenkte jeg ikke på."

"Hvordan skulle du vite det? Det går helt fint."

Jeg må smile litt.

Når den lille flystolen har kommet, setter jeg meg forsiktig på og holder balansen. Setet på stolen er så smalt at jeg nesten faller av før bakkepersonalet stropper meg fast og hjelper meg ut av flyet.

Klokka har blitt 14, lokal tid. Jeg kjenner hvor sliten jeg er etter flyturen, men vi finner en leiebil og kjører til universitet for å se oss litt rundt før semesteret begynner. Skolen ligger fint til med blomsterkrukker rundt på området. Stresset jeg har i kroppen blir litt mindre når jeg ser en stor rullestolrampe foran hovedingangen. Amelia følger etter bak meg når vi går mot administrasjonsfløyen til skolen. Døra rett frem står det studieveileder på. Jeg triller bort, banker forsiktig på døra og venter på svar.

En dame med briller åpner døren og smiler.

"Hei, hva kan jeg hjelpe deg med?"

"Jeg er Viktoria, jeg er ny elev her på skolen," svarer jeg.

"Det er deg ja, jeg husker deg fra søknaden din Viktoria. Vi gleder oss til å følge deg her på skolen. Jeg håper og tror at du vil trives her hos oss. Skolen skal være tilrettelagt og jeg håper du ikke nøler med å si fra hvis det er noe du trenger hjelp til, slik at du får en god skolehverdag. Jeg er forresten Mathilde."

Mathilde gir meg et ark med timeplanen og et lite kart over alle studentbyggene.

Vi går over til et annet bygg når Mathilde stopper.

"På dette kartet finner du hvor du skal bo. Heisen

er rundt hjørnet der borte."
Jeg ser opp fra kartet. Tankene surrer. Dette var mye informasjon på en gang. Hvordan skal jeg klare å holde styr på alt sammen? Amelia og jeg stopper ved en trapp og finner veien til en heis. Jeg trykker på 2. etasje. Dørene åpnes, og vi går til det første rommet vi ser på høyre side. Jeg tar opp nøkkelen jeg fikk, og låser opp døren. Jeg ser rundt i rommet og jeg prøver å slå meg til ro med at jeg faktisk skal bo her i hele seks måneder.

Kapittel 19

En uke går før jeg blir kjent med området rundt på skolen.
Men det tar lengre tid før jeg er trygg nok til å ta kontakt
med nye mennesker. Men det tar ikke så lang tid før
skolen er blitt et sted jeg føler meg hjemme. Den første
uken har vi forelesninger om introduksjoner til de
forskjellige fagene og jeg skriver gode notater på de ulike
temaene vi skal være innom i løpet av studiet. Tankene
går videre til James, men jeg vet at han ikke kommer
besøk ennå, siden turneen akkurat har startet.

Etter lunsj er det studentaktiviteter, hvor ideen er at
elevene skal bli bedre kjent med hverandre og området på
skolen. Vi blir delt inn i mindre grupper og min gruppe
blir fulgt til et kjøkken der oppgaven går ut på å bygge et
tårn av spagetti og marshmallow.

Etter kjøkkenaktiviteten sier noen at det er grilling ute. Vi
går ut der det er to store grillstasjoner og det begynner å
bli kø. Jeg kjenner at nervene er i helspenn når det er så
mange rundt, men jeg ser en jente med håret satt opp i en
hestehale komme smilende mot meg.
    "Hei, hva heter du?"
Jeg smiler sjenert før jeg svarer.
    "Viktoria. Skal vi sette oss?"
    "Kan vi godt, Jeg heter Karine."
Jenta flytter en stol og jeg tar plass inntil bordet.

Jeg koser meg maks med grillingen, men plutselig
kommer en bølge av savn etter James, og jeg føler at
tomheten jeg kjenner på er tydelig i ansiktet mitt. Jeg
trekker meg litt unna og sender ham en melding.

"Jeg savner deg."

Ved bordet er småpraten i gang. Karine spør om jeg vil spille kort og vi spiller en god stund før jeg trekker meg tilbake for å legge meg. Jeg åpner døra til rommet og ser til min store overraskelse at James ligger på senga. Han smiler fra øre til øret.

"Hei jenta mi."

Hjertet mitt stopper å slå i et lite sekund.

"Hva gjør du her?"

Jeg er nesten på gråten når han kommer bort og løfter meg opp. Jeg hviler beina på hoftene hans og han kysser meg lenge. Vi har ikke sett hverandre siden han dro.

Kapittel 20

James vekker meg grytidlig lørdag morgen, ved å stryke meg forsiktig på kinnet.
"Viktoria, du må stå opp. Vi skal ut."
Jeg setter meg motvillig opp i senga, snur meg og ser spørrende på han.
"Hva skal vi gjøre nå?"
Jeg kan se smilerynkene hans forme seg rundt øynene når han ler.
"Jeg kan ikke si det enda. Det ville ødelagt overraskelsen jenta mi."
Tankene mine jobber igjen. Han vil ha meg ut av senga før sola er framme. Hva kan det være?

En sjåfør kommer ut av bilen som står på parkeringen utenfor skolen. James ser at jeg kommer trygt inn i bilen. Etter en stund kjører vi inn en humpete vei, et godt stykke inn i skogen. Bilen er endelig fremme og uten et ord løfter James meg ut av bilen, og ned i rullestolen min. Han virker nervøs. Han begynner å trille meg bortover en liten vei og ut av et lite skogholt. På vei ut av skogen kommer en helt fantastisk utsikt til syne. På gressplenen ved siden av, ligger det et lite teppe, og ved siden av står det en flaske champagne og noen jordbær.

Jeg ser bort på soloppgangen og jeg kjenner at solen varmer ansiktet mitt. James tar bort rullestolen når jeg setter meg på teppet.
"Viktoria, kan du se hit litt?"
Jeg ser bort på James, og han sitter midt på teppet. Han holder en liten hvit boks åpen, og jeg kan skimte en liten diamantring.

James smiler stort og ser på meg med et blikk jeg ikke klarer å tolke.

"Jeg vil gi deg denne ringen for å vise hvor mye du betyr for meg. Jeg vet det er tidlig, men jeg er hundre prosent sikker på at det er deg jeg vil dele resten av mitt liv med. Vil du gifte deg med meg Viktoria?"

Øyeblikket slår luften ut av meg og jeg bobler over av glede. Jeg kaster meg i armene hans og ler.

"Ja, jeg svarer ja! Det er ingen andre jeg heller vil dele livet med."

Han tar ansiktet mitt i hendene sine og ser på meg med stjerner i blikket, kysser meg mykt på leppene mine, og gir meg en god klem. Jeg ser på James med et stort smil og med tårer i øynene.

Veien tilbake til skolen er like humpete, men jeg sitter på en rosa sky og bryr meg lite om hva som skjer rundt. Vel fremme møter han blikket mitt og smiler søtt.

"Jeg glemte helt å gi deg ringen i skogen Viktoria."

James tar tak i hånden min og skyver ringen forsiktig inn på fingeren.

"Du er fantastisk, vet du det?", sier jeg og ser på ringen som glitrer og kjenner en varm følelse vokse i kroppen når vi triller mot skolen.

James reiser tilbake på turne den søndagen og da blir også Amelia med. Det har vært godt å ha et kjent fjes med på skolen de første ukene.

...

Tiden som student har gått fort. Nå er det bare litt over en uke til de ni månedene på universitetet i California er over. Dagen for min avsluttende eksamen nærmer seg. Det er rart å tenke på alt som har skjedd det siste året. Jeg har lært meg å akseptere ulykken og jeg håndterer situasjonen jeg er i bedre nå. Jeg har også blitt kjent med masse nye folk. Jeg har fullført universitetet og ikke minst blitt forlovet.

Den siste lørdagen før avslutningsdagen er satt av til vasking av internat og eget rom. Vi er delt inn i grupper på to og to. Det er felles innsats på fellesområdene. Hver enkelt har fått hvert sitt rom å vaske. Med musikk på øret er det ganske koselig egentlig. Etter at jeg har fullført min del av oppdraget, går jeg til fellesområdet der en liten gjeng sitter og slapper av.

Det er rart å tenke på at siste skoledag er her. Dette er dagen hvor jeg gjør alt for siste gang. Jeg kjenner allerede på et savn. Jeg får øyekontakt med personen i speilet på badet, og jeg ser at jeg har to store mørkelilla poser under øynene på grunn av lite søvn. Kroppen føles av en eller annen grunn mørbanka.

Utover dagen går tankene til James. Jeg skulle ønske han var her. Vi har ikke snakket sammen på evigheter, annet enn meldinger på morgenen og kvelden. Jeg kjenner savnet som en stor klump i magen.

Været er overskyet når alle elever, lærere og rektor samles på den store plassen bak skolen. Det er fylt opp med stoler over den store gressplenen. Jeg legger merke til at blomstene i de store blomsterkrukkene er byttet ut med fine røde roser. Vi går i to lange rekker, de andre setter seg og jeg finner plassen min helt der fremme.

Kapittel 21

Vi småprater mens vi venter på at alt skal starte. Kroppen er full av spenning. Rektor stiller seg opp på podiet, og plutselig kommer det en lang pipelyd, som gjør at jeg hopper høyt i stolen. Jenta på høyre side begynner å le lavt og nesten uten lyd. Hun får plutselig øye på ringen min og lener seg mot meg og hvisker.
"Er du forlovet Viktoria?"
Jeg smiler sjenert og nikker. Jenta med masse fregner i ansiktet gir meg en klem og hvisker.
"Gratulerer, så gøy!"
Da hører jeg rektor kremte, og alle blir musestille.

"Kjære alle sammen. Elever, lærere og besøkende. Siste skoledag er kommet, og dagen i dag er starten på deres nye hverdag. De siste ukene har jeg tenkt mye på hva jeg kan si, for å avslutte dette skoleåret dere har hatt sammen. Jeg vet at dere er klare til nye utfordringer på egenhånd. Utviklingen hver og en av dere har hatt, er enorm. Jeg er så spent på hva dere finner på, ute i den store verden. Jeg vil takke for at jeg har fått følge dere på veien. Jeg vil avslutte med å si; Ikke nøl med å følge drømmene deres."

Plassen foran scenen blir fylt med applaus og folk reiser seg. Jeg smiler og ser sola krype fram bak de grå skyene. Det ble visst fint vær allikevel.

Når applausen er borte, sier rektor:
"Dere vil bli ropt opp etter fornavn og får deretter en rose hver."
Vaktmesteren plasserer to store bøtter med røde roser på scenen. Alle sammen sitter som tente lys og venter på sin tur. Når jeg hører rektor si navnet mitt, triller jeg opp på

rampa som går til scenen. Rektor gir meg rosen og et diplom, før hun gir meg en god klem.

Jeg ser utover alle stolradene når jeg hører noen rope høyt. "Jeg visste at du ville klare det, Viktoria!" James står på en av radene i midten og smiler stort. Sommerfuglene danser i magen. Tenk at James fikk til å komme til avslutningen min. Feiringen avsluttes med en god middag med tapas og langbord. Vi er mange elever med besøkende, så når vi skal spise er det ganske folksomt. Etter mat og mange tårer senere, finner vi veien til bilen og reiser.

Bilen stopper utenfor flyplassen. Vi er på vei tilbake til Norge fra California. Jeg er så utladet at det skal lite til før jeg lukker øynene. I neste øyeblikk vekker James meg. Jeg er overrasket over hvor fort reisen gikk. Er vi hjemme allerede? James smiler til meg. De kastanjebrune øynene hans er helt fantastiske. Han hjelper meg ut av setet ved vinduet og løfter meg opp i en rask bevegelse som gjør at jeg glemmer å puste og overraskelsen er lett å se i ansiktet mitt. Han småløper ned midtgangen, ut av flyet og inn i bilen som står klar til å ta oss med videre til neste fly på andre siden av flyplassen. Forvirret snur jeg meg mot James.
    "Skal vi ikke hjem?"
Han kysser meg mykt i pannen og hvisker.
    "Vi skal hjem, men jeg tenkte vi kunne ta en liten omvei først."

Når det andre flyet har landet, plasserer James meg trygt på bakken, og han ser på meg med et lurt blikk.
    "Velkommen til New York, Viktoria. Her er siste stopp på turneen for denne gang."
Vi setter oss i bilen og kjører til konsertlokalet. Bygget vi

112

stopper foran er kjempestort. James hjelper meg i rullestolen og vi går inn dørene. Jeg ser meg rundt med store øyne. Det må være plass til flere tusen mennesker her inne. Tanken på at James skal synge foran så mange gjør meg spent. Tenk at jeg får oppleve dette sammen med ham. James står bak meg når jeg ser Amelia og teamet til James komme mot oss.

Scott kommer først og klemmer oss begge to.
"Hei Viktoria, det var lenge siden."
James smiler stort og hilser før han gjør seg klar for en siste konsert. Kort tid etter er konsertlokalet fullt av folk og James storkoser seg på scenen. Mot slutten av konserten blir James stille. Tankene mine raser i hodet. Er noe galt? Er mikrofonen ødelagt? Blikkene våre møtes og jeg puster lettet ut når James tar ordet.
"Jeg vil avslutte med å si et par ord om Viktoria. Det er ikke nok ord i verden som kan beskrive hvor mye du betyr for meg. Jeg ser virkelig fram til livet med deg."

Tårene renner nedover kinnene mine når siste sang begynner å spille. Jeg lever i et ekte eventyr.

...

Dagene etter vi er kommet hjem til hytta fra turneen er rolige. Jeg savnet han så utrolig mye. Vi ligger og slapper av i senga, før han plutselig reiser seg opp.
"Kom igjen Viktoria, vi kan ikke ligge i senga hele dagen."
Jeg slipper ut en stor gjesp, men kommer meg ut av senga.

Jeg gjør meg klar og triller ut i gangen og ser etter James, som teknisk sett snart er mannen min. Når jeg kommer ut i

113

gangen er han sporløst borte. Jeg ser på rommet og kjøkkenet, før jeg triller tilbake i gangen. Da legger jeg merke til en liten lapp som henger på inngangsdøra. Jeg tar av lappen og leser.

Løs gåten og finn meg når du har svaret:

Jeg er noe som ofte blir brukt, men jeg er ikke venn med vinteren. Jeg har tak og dører, men det er ikke et hus. Jeg står ofte ute lenge av gangen, men kan også stå inne.

Jeg er noe du ikke visste du trengte.

Hva er jeg?

Hodet koker. Hvis jeg finner ut hva det er, så finner jeg James. Lappen blir lest gjentatte ganger før det endelig går opp for meg. Det er jo en bil. Jeg åpner døra og ser etter James i innkjørselen vår. James står allerede og venter på meg. Han smiler når vi får øyekontakt og jeg stopper opp.
    "Jeg trodde du var borte James."
    "Har du svaret på gåten?" sier han.
Jeg blir stille.
    "Var det en bil du tenkte på?"

Han nikker og smiler stort og tar meg bort til garasjen. Døra åpner seg, og jeg ser en mellomstor Jeep.
    "Det er den nye bilen vår Viktoria."
Jeg ser overrasket på han.
    "Dette er fantastisk. Hvordan fikk du tak i den bilen her?"
    "Jeg solgte den andre bilen. Håper det var greit?"
Øynene hans glitrer mot meg.
    "Selvfølgelig, hvorfor skulle ikke det være greit? Visste du at Jeep er drømmebilen min?" spør jeg og gir han en stor klem.

114

"Vent til du ser inni," sier James med et lurt smil. Forloveden min åpner døra til bagasjerommet på bilen og trykker på en knapp. Det kommer en heis ut og lander på bakken. Jeg ser forskrekket på han; hva er det som skjer? "Jeg håper at denne bilen kan være med på å gi deg et mer selvstendig liv."

En tåre triller nedover kinnet mitt. "James, dette er fantastisk. Du har kjøpt drømmebilen min, uten å vite det. Det burde si noe om hvor godt du kjenner meg nå. Du er virkelig favorittpersonen min i hele verden."

Kapittel 22

Vi kjører ut fra garasjen og videre rundt i gatene der vi bor. James flytter blikket fra veien og ser på meg. "Mamma sendte meg melding tidligere i dag og spurte om vi ville komme på middag." Jeg kjenner nervene vokse i magen når jeg spør; "For å møte meg?" Han nikker og smiler stort. "Ja mamma vil møte deg, Viktoria."

Bilen stopper foran et hus som er akkurat passe stort, med fine små planter foran vinduene. Inngangsdøra er malt i en fin mørkebrun farge. Når vi står foran døra, kjenner jeg hjertet banke litt hardere i brystet. Men når døra åpner seg og vi blir møtt av en pen dame i førtiårene, blir nervene borte. "Hei James, så godt og se deg. Og du må være Viktoria. Jeg heter Pernille. Det er så hyggelig og møte jenta James snakker om non-stop. Kom inn."

Jeg ser meg rundt i gangen og kjenner at det er godt å være her. Vi tar av jakkene og James viser vei til stua. Der står det et ferdig dekket bord, med en form lasagne og frisk salat. James smiler stort. "Det ser nydelig ut mamma."

Timene går fort. Pernille forteller historier fra da James var liten, før jeg hjelper til med å dekke på til dessert. På vei bort for å hente tallerkener, ser Pernille ringen min og smiler. "Når James fortalte at han hadde funnet jenta han ville dele livet med ble jeg veldig glad, men nå som jeg har møtt deg, forstår jeg hvorfor."

Jeg smiler.

"Sønnen din har hjulpet meg gjennom mye vondt og han viser hvor mye han verdsetter meg hver dag. Tusen takk for at du har gjort ham til den mannen han er i dag."

Når klokka blir ni, takker vi for oss og Pernille står i døråpningen og vinker. James ser på meg med et lurt blikk.

"Kvelden er ikke over enda jenta mi."

"Jeg gleder meg allerede gutten min."

Han kjører ut av gårdsplassen, og langt inn i skogen, til vi blir alene. James stopper bilen, og finner fram et teppe. Jeg ser opp på himmelen og ser nydelige farger når solen er på vei ned. Han tar opp pc-en fra sekken og setter den på dashbordet i bilen. James har virkelig tenkt på alt. Han setter på filmen "Purple Hearts" på Netflix.

Når jeg ser den mannlige skuespilleren på skjermen, blir jeg fort betatt. Jeg kikker litt ekstra, og jeg kan se at han har mørkebrune øyne. Jeg har tydeligvis en preferanse. Mot slutten av filmen er det en trist scene og tårene presser på. James tørker tårene mine forsiktig bort, og ser på meg med et lite smil. Når rulleteksten kommer, ser han på meg med et lite smil.

"Likte du filmen Viktoria?"

Jeg nikker og han tar ned ryggen på baksetene så det går an å sove i bilen. Jeg kjenner at søvnen tar fort over, og sovner med James ved siden av meg.

...

Jeg våkner av at fuglene synger neste morgen. Jeg ligger i bilen på en dobbel madrass. Jeg nyter hvert minutt som går, for en nydelig dag. Solen skinner, men jeg kan høre den kalde vinden gjennom trærne. James har tent et lite bål, litt bortenfor bilen. Han kommer mot meg med en varm kopp kakao med marshmallow. Han har på seg en lilla hettegenser og olabukse; De fine krøllene hans blåser i vinden.

"God morgen jenta mi."

Han tar ansiktet mitt i hendene sine og smiler. Jeg kjenner at jeg slapper av når jeg spør.

"Hva er det?"

Smilet sprer seg i ansiktet.

"Jeg bare elsker deg Viktoria."

Han gir meg en god klem.

I tiden sammen med James, har ønske om å bli mamma blitt sterkere. Jeg bestemmer meg for å lufte tanken.

"James, har du tenkt noe på å få barn?"

Pulsen min øker når jeg ser på han.

"Jeg har hatt lyst på barn så lenge jeg kan huske, og jeg ble bare mer sikker etter at jeg ble sammen med deg."

Jeg blir stille før jeg forsetter.

"Jeg vet at det kan by på utfordringer, spesielt etter at jeg havnet i stolen. Jeg tror at vi får det til."

James ser på meg med et mykt ansiktsuttrykk.

"Det er ingen andre jeg heller vil bli foreldre med, enn deg Viktoria. Utfordringer har alle par, barn eller ikke. Men jeg vet at om den dagen skulle komme, og du blir gravid, er en dag fylt av glede."

"Helt sikker?"

James tar hodet mitt i hendene sine og ser meg dypt inn i øynene, kysser meg mykt på leppene og sier: "Jeg er helt sikker, jenta mi."

Kapittel 23

Det lyser sterkt gjennom vinduet på rommet, før jeg plutselig ser James stå ved foten av sengen i hytta. Han smiler fra øre til øre.

"Overraskelse!"

Jeg setter meg opp i senga og gnir meg i øynene. Plutselig kommer det en pelsdott mot meg, med store svarte øyne.

"Så nydelig den er! Har du skaffet oss en hund?" James nikker.

"Er det gutt eller jente?"

Øynene til James glitrer.

"Gutt. Har du noen navneforslag?" Jeg ser på den lille pelsdotten som ligger foran meg.

"Tassen kanskje?" Jeg ser spørrende på han.

"Perfekt!"

Mye av ettermiddagen blir brukt på gulvet sammen med den firbeinte pelsdotten vår. Han er kjempesøt. Tassen er svart med en hvit stripe på magen. Jeg gleder meg til å bli bedre kjent med han i dagene fremover.

Når kvelden kommer, er vi på badet og pusser tennene. Det nye familiemedlemmet vårt følger etter oss over alt. James tar fram tannbørsten sin og ser på meg.

"Når jeg ser deg med Tassen, gleder jeg deg bare enda mer til den dagen vi blir foreldre."

Plutselig er sommerfuglene tilbake og jeg stryker forsiktig på magen når jeg møter blikket til James.

"Du kommer til å bli verdens beste pappa."

Tassen logrer i den nye sengen hans på gulvet ved siden av sengen vår. Han ser ut til å ha funnet sin faste plass, fullstendig avslappet og fornøyd. Jeg kan ikke unngå å smile. Jo mer tid jeg tilbringer med Tassen, desto mer glad blir jeg i ham.

Valpen ligger sammenkrøllet på gulvet når jeg våkner neste morgen. Han er bare åtte uker, og sover derfor mye i løpet av dagen. Jeg hører vasken på badet renne og vet at James våknet før meg. Jeg kommer meg opp av senga, og triller inn på badet for å gjøre meg klar.

Jeg ser opp på James og triller bak han. Jeg trekker pusten dypt.

"Kan du snu deg James?"

Han snur seg med tannbørsten fortsatt i munn. Jeg setter beina i bakken og reiser meg forsiktig opp. James blir stående å måpe med åpen munn sånn at tannbørsten faller på gulvet.

"Du står Viktoria!"

Jeg smiler stort, og kjenner at jeg mister balansen. James tar et godt tak rundt magen min og holder meg oppe. James smiler et kjempestort smil.

"Hvor lenge har du kunnet stå jenta mi?"

Jeg lener meg inntil brystkassen hans før jeg svarer.

"Jeg har jobbet med en fysioterapeut i noen uker nå og ville overraske deg."

Hverdagene med James er de beste. Vi leser, ser på serier og helt vanlige hverdagslige ting. Det nyeste i rutinene våre er å gå tur med Tassen, som endelig har slutta og tygge på alt han får øye på. Det går ikke en dag hvor jeg ikke tenker tilbake på hva James sa på badet den kvelden, for fire uker siden. Jeg kan nesten ikke vente med å ha små barn løpende rundt oss og smiler av tanken.

Tankene forsvinner fort da jeg kjenner kaldt vann dryppe ned i nakken min. Jeg hopper i sofaen, og ser forvirret rundt meg. Plutselig ser jeg rett bort på det store smilet til James. Jeg la ikke merke til at han kom ut av dusjen. Øynene mine lander på den muskuløse overkroppen hans, der han står i bare håndkle. Jeg er heldig! Jeg flytter blikket mitt, når han kremter høyt og ser på meg med et skjevt smil. Øynene hans ser rett igjennom meg. En dyp rød farge kommer fram i kinnene mine, og jeg vil gjemme meg i klesvasken. James sier ingenting, han kommer mot meg, legger hodet mitt bakover og kysser meg dypt. Han lar den ene hånden kile meg lett på halsen. Jeg blir tvunget til å slippe kysset. Jeg roper etter ham. "James! Det der var dårlig gjort!" Han ler en rå latter, før han går og kler på seg, for å ta med Tassen ut på tur. "Jeg elsker deg, jenta mi." roper han akkurat i det han lukker døra. Jeg blir sittende å le for meg selv, før jeg flytter fokuset tilbake til klesvasken.

...

Scott ringer dagen etter og forteller at teamet har fått et konsertoppdrag neste uke. Jeg kan se at James gleder seg til å ha konserter igjen. Han har ikke hatt konserter etter at Tassen ble en del av familien. Men det gjør at vi må skaffe en dyrepasser til Tassen, for jeg blir med på konserten. Jeg blar igjennom ledige dyrepassere på Finn.no, og jeg finner en som kan se ut til å passe.

Dagen er endelig kommet der James og teamet skal ha konsert. James har de siste ukene øvd masse, og fylt huset med den nydelige sangstemmen sin. Jeg er så heldig at jeg får gratis konserter hjemme, og jeg elsker det!

Vi står i gangen og tar på oss jakker og sko. Det ringer plutselig på døren, og Tassen bjeffer. Vi ser forskrekket på

hverandre og smiler stort. Tassen har ikke bjeffet så høyt før. Jeg er nærmest døren, og åpner. Inn kommer det en gutt med armene dekket med tatoveringer, og han kan ikke være mer enn tjueto år. Han hilser på James.
"Hei, jeg er Ruben. Jeg skal passe Tassen for dere i kveld."
Idet Ruben rekker hånden mot meg, legger jeg merke til at blikket hans ser på meg ovenfra og ned. Sjekker han meg opp?

Han holder blikket mitt litt for lenge, og James kremter kraftig. Han legger deretter en hånd på skulderen min, og jeg legger hånden med ringen på han. Jeg ser at Ruben blir tomatrød i fjeset. Jeg ler litt inni meg; jeg har det enda, til og med etter alt som har skjedd. Det hadde jeg ikke trodd!

Vi forteller om rutinene for Tassen, før vi kommer oss ut døra. Når vi sitter i bilen, ser jeg at det koker i topplokket til James. Han flytter blikket fra veien og ser på meg.
"Det var tydelig at Ruben viste interesse for deg Viktoria."
Jeg smiler litt av tanken.
"Hvordan da?"
Han puster tungt.
"Ansiktsuttrykket hans lyste jo. Jeg så hva han tenkte."
Jeg smiler.
"Kan du lese tanker nå?"
Irritasjonen er tydelig når James svarer.
"De fleste gutter kan se når noen er interessert."

Jeg sier ikke noe mer, før vi har parkert bilen. Utenfor ser jeg en stor bygning, hvor jeg får øye på en stor konsertplakat. Der er det et stort bilde av James, med

12/11 klokka 20. James sitter framoverlent og tviholder på rattet, selv om bilen står stille. Jeg legger en varm hånd over hans og litt etter litt slipper han taket på rattet. James roper: "Den gutten irriterte meg noe voldsomt!" Lydnivået overrasker meg, og jeg slipper taket og hopper tilbake i setet mitt.

"Det er ikke noe å tenke på James. Han var bare hyggelig."
"Bare hyggelig? Måten han så på deg, var ikke mye tegn til hyggelig skal jeg si deg. Jeg har sett den typen hele tiden, og det burde du også. Siden du var sammen med Nickolas." Jeg blir stille noen sekunder før jeg fortsetter. "Men han trakk seg unna da han så vi var forlovet. Så jeg håper du kan la dette ligge James?" Det blir stille i bilen en liten stund. James kikker på meg og ser at jeg forsvinner litt i min egen verden.

Plutselig får jeg en flashback, som tar meg tilbake til barndommen. Jeg er fem år og vi er på besøk hos en slektning som er fremmed for meg. Desserten står på bordet og jeg har lyst på mer riskrem. Jeg tar opp skjea, da jeg hører en mørk stemme rope.
"Nei Viktoria! Du får ikke mer dessert uten å spørre først. Legg fra deg skjea, nå!" Jeg blir så redd at jeg slipper skjea fort ned og mister en stor klump med riskrem. Det havner på teppet i spisestua. Det gjør at mannen roper til igjen.
"Se hva du gjorde Viktoria. Jeg blir nødt til å vaske teppet. Gå et annet sted, du er ferdig med å spise."
Jeg løper ut i gangen og setter meg med knærne opp til magen og gråter lydløst. Det verste er at mamma og pappa var i andre etasje, men de hørte ingenting.

Vi står fortsatt på parkeringsplassen. Blikket mitt er fryst fast på frontruta og tårene triller uten stopp. Jeg registrerer ikke at James holder hardt rundt meg. "Jeg fikk en flashback tilbake til da jeg var fem år. Vi var hos en slektning, hvor han ropte på meg flere ganger. Det var derfor jeg ikke var til stede en liten stund. Jeg er litt vår på dette med roping. Dette gjør meg usikker og er en trigger for anfall tydeligvis."

"Unnskyld, jenta mi. Det går bra, jeg skal ikke heve stemmen på den måten igjen Viktoria. Jeg lover."

Kapittel 24

Han kysser meg på pannen, før vi går ut av bilen. Inne blir vi møtt av en høy mann som sier; "Det er jeg som skal være sikkerhetsvakten deres i kveld." James nikker til ham, og vi går videre til en heis som tar oss en etasje opp. Han følger oss videre til plassen der jeg skal sitte. James kommer bak meg, gir meg en klem og hvisker stille.

"Jeg elsker deg."

Jeg gir han et slitent smil tilbake. Kroppen er litt redusert etter flashbacken.

Amelia, Kristoffer og Scott møter oss ved setet mitt. Vi har ikke rukket å se hverandre så mye siden jeg kom hjem fra California, så det er gøy å se dem igjen. Scott møter blikket mitt, gir meg en klem og smiler.

"Så godt å se deg, Viktoria."

Amelia kommer bort og gir meg en klem.

"Gleder du deg til i kveld?"

Jeg ser på henne og prøver å smile så godt jeg kan, selv om jeg egentlig kunne tenke meg å dra hjem.

"Det er klart det, det er den første konserten til James på lenge."

James kommer bort til meg og tar hendene mine og sier rolig.

"Jeg skjønner at du er sliten jenta mi. Vil du at vi skal reise hjem?"

Jeg ser spørrende på han.

"Men hva med konserten da? Du kan ikke avlyse en konsert bare på grunn av meg."

"Du er mye viktigere for meg enn en konsert

127

Viktoria."

Jeg må smile.

"Det går bra James, jeg klarer meg. Du må gjennomføre denne konserten."

Han kysser meg og løper av sted.

Skjermen på mobilen viser at klokka er åtte og konserten er i ferd med å starte. Kristoffer og Amelia sitter nå ved siden av meg og smiler fornøyde begge to. Scenen lyser opp og en person med gitar kommer ut og begynner å spille. Bassen dunker i ørene mine og artisten synger fint. Jeg tar meg selv i å lukke øynene og høre på teksten. Publikum klapper, og neste artist kommer til syne på scenen; jeg trodde James skulle ha solo konsert? Jeg prøver å snike til meg et blikk fra Amelia, men hun sitter bare og smiler. Når den tredje artisten kommer på, begynner jeg å se et mønster i sangene de synger: Sanger om kjærlighet. Det kribler i magen.

De fine øyeblikkene fortsetter å komme, og jeg smiler fra øre til øre. Endelig dukker James opp på scenen og blikkene våre møtes. Han ser på meg helt til jeg nikker rolig, og da begynner han å synge helt nydelig. Jeg er heldig og sitter med den beste utsikten over scenen. James ser på meg hele tiden når han synger; jeg tror ikke jeg har hørt han synge så fint før! Jeg kan se blodårene i halsen hans komme fram, de kommer bare fram når han anstrenger seg når han synger, og hjertet mitt hopper i brystet. Varmen i ansiktet mitt tar over og jeg kjenner at jeg blir rød. Den neste sangen hans gjør at verden rundt meg blir borte og jeg ser bare James på scenen.

Kapittel 25

James er ferdig med settet på scenen, og det blir stille før han tar ordet igjen.
"Kan Viktoria komme på scenen?"
Øynene hans er på meg hele tiden, og plutselig føles det ut som jeg skal lette fra stolen. Jeg har ti tusen sommerfugler som flyr rundt i magen. Hjertet hamrer dobbelt så fort i brystet mitt.

Scott og Amelia viser vei bort til trappa i mørket, og tar et godt tak i stolen og bærer meg og rullestolen grasiøst ned trappetrinnene som lyser opp. For hvert skritt de tar, kjenner jeg et lite dragsug i magen. På grunn av spasmene, kjenner jeg at beina står rett ut og slår Amelia forsiktig i magen. Men hun bare ser på meg og har et kjempestort smil rundt munn. Endelig står jeg trygt plassert på scenen, og ser rett inn i James sine nydelige kastanjebrune øyne. James ser på meg med det samme blikket, som da vi møttes for første gang. Forskjellen er at jeg kan se tydelige tårer i øyekroken hans. James trekker pusten dypt før han sier.

"Husker du første gang vi møttes Viktoria?"
På grunn av adrenalinet i kroppen, klarer jeg ikke svare, men jeg nikker rolig, før James fortsetter.
"Du hadde på en lyseblå bukse og en hvit t-skjorte. Håret ditt var løst, og du sto i dine egne tanker, da jeg dultet borti deg. Jeg ble superflau over hele greia, men du sa det ikke var noe problem."
Han stopper opp og trekker pusten, og jeg må smile.
"Det føles ut som en evighet siden. Jeg kunne ikke vært lykkeligere, enn det jeg er akkurat nå, sammen med

deg. Du vet ikke dette, men tre måneder etter vi ble sammen, visste jeg at det var deg jeg ville dele livet med. Du er den rette for meg".

Han ser på meg med et sårbart blikk, setter seg ned på kne og åpner munnen og sier: "Viktoria, vil du bli prinsessa mi for alltid, og gifte deg med meg?"

Det tar noen sekunder før hjernen får med seg hva som ble sagt. Da slår det meg. Mannen jeg elsker, spurte nettopp om at jeg ville gifte meg med ham!

Egentlig vil jeg hoppe i armene hans, men det går ikke. Så i stedet reiser jeg meg opp fra rullestolen og begynner å gå mot James. James kikker på meg i sjokk og reiser seg for å ta meg imot. Jeg rekker å ta to hele skritt før jeg havner i de trygge armene hans. Jeg ser han inn i øynene før jeg svarer: "Ja!"
Med full selvsikkerhet i stemmen. Publikum som har vært stille lenge, jubler av full hals.

James smiler stort, løfter meg opp og kysser meg. Sommerfuglene tar salto i magen. Drømmer jeg? Det må være en drøm. Jeg flytter blikket bort til James, han står der med et bredt smil og blunker til meg. Jeg ser på han med tårer i øynene. Hvordan ble jeg så heldig? Amelia, Kristoffer og Scott kommer løpende på scenen. Dette er verdens beste overraskelse. Scott overrasket oss med å stille seg opp midt på scenen, tar fram noen papirer fra lommen og tar ordet.

" Noen sa at dere ønsker å gifte dere, så i dag står jeg foran dere og skal vie dere." Han smiler stort og jeg ser på James med store øyne. James smiler og blunker til meg. Scott fortsetter med å si noen ord om tro, håp og kjærlighet.

Det er som om hele verden stopper opp et øyeblikk. James smiler enda bredere og tar ansiktet mitt i hendene sine og kysser meg mykt på leppene. Applaus og jubel fyller konsertlokalet, men alt jeg ser, alt jeg føler, er ham.

...

Fire dager etter den litt uvanlige konserten, kommer det noen gamle kompiser av James på besøk. Vi spiser en bedre middag, og koser oss. Jeg ser på klokka, og gjør Tassen klar for en siste tur for dagen. Gatene er nesten tomme, utenom en bil eller to på veien. Tassen begynner å bjeffe. Det er rart, for Tassen pleier ikke å bjeffe av ingenting? Jeg rekker ikke å tenke tanken ferdig, før det plutselig står en mørk varebil rett foran meg. Tassen bjeffer av full hals. Stemningen blir en helt annen enn tidligere. Noe er galt.

Panikken hamrer i brystet mitt før jeg snur fort rundt, og ser desperat etter en sving eller et gjemmested. Jeg triller så fort jeg kan ned fortauet. Men jeg kommer ikke langt - ved enden av fortauet kjenner jeg plutselig et par hender gripe tak i rullestolen bakfra.

Før jeg vet ordet av det, løfter de meg ut av stolen. Panikken eksploderer, men idet de drar meg mot varebilen klarer jeg akkurat å løsne båndet til Tassen. Jeg skriker med all kraft:
        "TASSEN, FINN JAMES!"

Jeg prøver å kjempe imot, men det er nytteløst. Med et hardt rykk blir jeg kastet inn i bagasjerommet på varebilen. Jeg rekker akkurat å se den lille hunden min løpe av gårde, før bilen kjører av gårde i full fart. Hjertet mitt synker idet han forsvinner ut av syne.

Jeg prøver å puste dypt, men det føles som om jeg blir kvalt. Smerten i skuldrene etter å ha blitt dratt og kastet, og frykten som gnager i brystet, gjør det umulig å samle tankene. Likevel flakker tankene plutselig til de beste minnene – små glimt av lykke fra en annen tid. Jeg henger meg fast i dem, som om de kan gi meg styrke.

Bilen rister og bråker, og regnet trommer hardt mot taket. Jeg ligger med ansiktet presset mot gulvet. Høyre kinn skrapes mot den ru overflaten hver gang vi kjører over en fartsdump. Smerten er konstant, men tankene mine svirrer enda mer. Hvor er vi på vei? Hvorfor tok de meg? Vil jeg overleve dette? Spørsmålene hamrer i hodet, men svarene er få.

Plutselig hører jeg stemmer fra forsetet.
"For et år siden kjørte vi på en jente som gikk over veien, husker du det?"
Det blir stille noen sekunder før den andre svarer, stemmen er lav og nesten lattermild: "Ja?"
Jeg kan nesten høre smilet bre seg over leppene hans.
"Vi har akkurat tatt den samme jenta!"

Frysningene sprer seg som is gjennom kroppen min. Stemmene jeg hører er lysere inne i bilen enn da de kom ut av bilen og tok meg. Frykten vokser i takt med stripsene som gnager seg dypere inn i håndleddene mine. Tårene renner ukontrollert ned kinnene mine. Mobilen i jakkelommen vibrerer plutselig, nesten uhørlig. Jeg blir stiv av skrekk, men klarer likevel å trykke på den grønne knappen, selv om hendene mine fortsatt sitter fast.

"Skru ned musikken," hører jeg James si til kompisene sine gjennom telefonen. Stemmen hans er fylt med stress. Plutselig høres et bjeff, og et håp fyller meg. Kan det være

Tassen som allerede har funnet James?

"Hvor er Viktoria, Tassen?" spør han lavt, som om han prøver å høre etter. Han gjentar, mer insisterende denne gangen:

"Viktoria, hvor er du?"

Jeg prøver å svare, men munnen nekter å lystre. Stillheten på den andre enden får James' stemme til å bli mer og mer irritert. Hver setning er skarpere enn den forrige, som om han blir mer og mer desperat.

"Viktoria, hvor er du?"

Kapittel 26

"Viktoria, hør på meg nå."
Stemmen hans er nesten ikke til å kjenne igjen.
"Hvis det ikke er trygt å snakke, lag en lyd, hvilken som helst lyd."
Jeg forsøker å tenke klart, men det eneste som lager lyd er hjulene på bilen. Jeg legger mobilen forsiktig på gulvet og klarer ikke å få den opp igjen. Jeg holder pusten. Heldigvis kan James se hvor jeg er på mobilen sin. Nå kan jeg bare håpe at han finner meg. Sekunder etter vibrerer mobilen.

En melding fra James: "Hold ut jenta mi, jeg kommer."

Motoren stopper plutselig. Bilen står stille. Hjertet hamrer i brystet mitt da jeg hører lyden av en skyvedør som åpnes. De griper tak i meg og kaster meg ut på den kalde, harde asfalten. Smerten eksploderer da jeg lander, og stripsen skjærer inn i huden min og ryker idet jeg treffer bakken. Jeg kjenner at håndflatene svir idet jeg prøver å ta meg imot.

Bak meg smeller dørene på bilen igjen, og stillheten blir brutt av at to skygger trer fram, og når jeg klarer å åpne øynene, ser jeg dem tydelig. De er ikke eldre menn, slik jeg først trodde – de er bare gutter, kanskje ikke mer enn atten, nitten år gamle. Frykten strammer grepet om brystet mitt.

Jeg ser direkte på han med det lyse håret og presser fram ordene:
"Hva vil dere med meg?"
Gutten med mørkere hår, som ser ut til å være eldst, svarer før den andre rekker å si noe. Et ekkelt smil sprer seg over

135

ansiktet hans.

"Hva får deg til å tro at vi vil noe med deg, Viktoria? Du har ingen verdi for oss."

Jeg prøver å komme meg opp på alle fire, men når jeg setter hendene mine mot bakken, fylles håndflatene seg med småstein fra asfalten. Smerten gjør meg svimmel. Før jeg rekker å komme meg opp, skyver han meg brutalt ned igjen. Asfalten borer seg inn i huden, og jeg hyler av smerte.

"Når vi er ferdige med deg," sier han med blondt hår med en ro som gjør det hele enda verre, "vil ingen kjenne deg igjen."

Jeg klarer ikke lenger holde tårene tilbake. De strømmer fritt, og jeg prøver ikke engang å skjule dem. Jeg vet at de ser frykten min. De har allerede vunnet.

"Hvordan vet dere hva jeg heter? Hvorfor gjør dere dette? Jeg tror ikke dere egentlig vil skade meg," fortsetter jeg, og forsøker å høres rolig ut, "men det er noe – eller noen – som presser dere til det."

Guttene begynner å rope, stemmene deres skjærer gjennom den kalde luften, kaotiske og overlappende.

"Du er gift med James, Viktoria. Det gjør deg til en offentlig person som media lett kan finne. Det ville vært rart om vi ikke visste hvem du var."

Jeg fanger blikket til den blonde gutten og ser et snev av anger i øynene hans. Det varer bare et øyeblikk før ansiktet hans blir hardt igjen, som om han stenger av følelsene. Likevel gir det meg et glimt av håp. Kanskje det er en vei ut av dette. Jeg bestemmer meg for å fortsette å snakke – jo lenger jeg holder dem i samtale, desto mer tid kjøper jeg før de skader meg igjen.

"Dere trenger ikke gjøre dette," sier jeg med en stemme som skjelver, men som jeg prøver å holde fast. "Jo, vi trenger pengene," svarer den mørkhårede gutten uten å nøle. Ordene hans er kalde og bestemte. Han snur seg brått og dytter den blonde gutten hardt i siden. Den blonde knekker sammen litt, holder seg til magen og stønner av smerte. Jeg ser på dem, og frykten vokser – det er tydelig hvem som har makten her.

Jeg prøver igjen, desperat etter å få dem til å høre meg. "Uansett hva dere har gjort, trenger ikke dette å være svaret. Dere kan stoppe nå." Jeg har klart å komme meg opp på alle fire, armene dirrer mens jeg støtter meg på den kalde, grove asfalten. Jeg løfter hodet og ser meg rundt for første gang. Vi står i en gammel, nedslitt tunnel. Vinden trekker gjennom fra begge sider, en iskald strøm som biter i huden og gjør det vanskelig å holde varmen. Jeg knuger hendene mot kroppen og prøver å tenke klart, men frykten er som en tett tåke rundt meg.

Før jeg rekker å forstå hva som skjer, blir jeg brutalt slengt bakover. Jeg prøver desperat å beskytte hodet med hendene, men jeg rekker ikke. Jeg lander hardt på den iskalde betongen i tunnelen, og en skarp smerte eksploderer i bakhodet. Jeg kjenner den varme følelsen av blod som renner nedover nakken.

Jeg prøver å røre meg, men kroppen nekter. Smerten er overveldende, som om hver nerve i kroppen min er i brann. Jeg ligger der, hjelpeløs, mens de fortsetter. Sparker meg. Først i ansiktet, så i magen. Hvert slag er som en knyttneve som stjeler mer og mer av luften min. Jeg er så sliten. Så uendelig sliten. Tårene blander seg med blodet som renner fra ansiktet mitt. Jeg kommer til å dø. Nå dør jeg. Jeg lukker øynene og kjenner at kroppen min gir opp. Jeg aksepterer det som kommer. Men plutselig brytes stillheten av lyden av en motor. Skarpe rop. Bildører som smeller. Sko som treffer asfalten i hastige steg. Stemmer blir høyere, men én stemme skiller seg ut.

James.

"Hvis noen av dere kommer i nærheten av kona mi, familien min, eller meg igjen, kommer dere til å angre!" Ordene hans skjærer gjennom kaoset, fylt med et så rå og ukontrollert raseri at det nesten føles som en fysisk kraft. Og så – ingenting. Alt blir svart.

Kapittel 27

Pulsen hamrer i ørene mine, og alt føles uklart.
Øyelokkene mine er tunge, men til slutt skjelner jeg
konturene av et hvitt tak gjennom tåkesynet. Langsomt
kommer synet tilbake, og jeg innser at jeg ligger i et sterilt
rom med hvite vegger. Sykehusvegger. Igjen. Jeg er så lei
av disse veggene etter alle oppholdene rett etter ulykken.

Blikket mitt senker seg, og der ser jeg James. Han sitter
ved siden av meg, hodet hvilende på armene som en
provisorisk pute, sovende. Rommet er stille, og vi er
alene.

Jeg prøver å bevege meg, bare en millimeter, men intense
smerter skyter gjennom kroppen, fra hodet helt ned til
tærne. Jeg slipper ut en ukontrollert, høy lyd, nesten som
et rop, i et forsøk på å lindre det minste av smerten.

James våkner brått, ser seg rundt som om han er
desorientert, før blikket hans finner meg. Et glimt av frykt
flakker i øynene hans, men så kommer smilet. Det samme
myke, søte smilet som alltid får meg til å føle meg trygg.
        "Prinsessa er våken,"sier han lavt, stemmen varm
og lettet.

Jeg slipper ut et stort gjesp og ser på ham.
        "Har jeg sovet lenge?" spør jeg trøtt.

Smilets trygghet falmer litt, og han blir plutselig usikker.
Blikket hans flakker, og han møter ikke øynene mine.
Uroen brer seg i brystet mitt, og jeg trekker pusten dypt
før jeg lener meg fremover, tvinger kroppen til å trosse
smerten, og legger hånden bestemt rundt kjeven hans. Jeg

løfter hodet hans, slik at han ikke har noe valg – han må møte blikket mitt.

"Hva er det du ikke sier?" spør jeg. Stemmen er strengere enn vanlig.

James nøler, men til slutt svarer han:
"Du har sovet i tre dager, Viktoria. Jeg trodde jeg skulle miste deg."

Lufta forsvinner fra lungene mine. Hva sier man til noe sånt? Ordene hans lander tungt i brystet mitt, og jeg vet ikke hvordan jeg skal reagere.

Jeg ser på ham igjen, tar inn alt. Mannen min, den sterke James som alltid passer på meg, ser plutselig ut som en gutt igjen. Det samme usikre uttrykket som jeg husker fra ulykken, er tilbake i ansiktet hans. Øynene hans er trøtte, men fylt med en rå sårbarhet som river i meg. Han ser på meg med et blikk som forteller alt uten at han trenger å si noe mer.

Jeg tror ikke jeg har sett ham så sliten før. En god stund sitter vi bare stille sammen. Rommet er fylt med en stillhet som på en gang er både tung og trøstende. Jeg kjenner medisinen strømme gjennom kroppen idet jeg trykker på alarmknappen på høyre side av sengen. Det kommer en sykepleier inn og gir meg en ny dose med smertestillende , og musklene mine slapper sakte av.

Hendene mine finner veien til James, og jeg begynner forsiktig å stryke ham over håret. Bevegelsene er små, nesten trege, men det gir oss begge en ro. Han puster tungt ut, som om noe av vekten han har båret på endelig letter, og legger hånden sin på min. Jeg fortsetter å stryke, og i det øyeblikket er det bare oss to.

"Du," sier jeg mykt. Stemmen er varm. "Jeg har det bra. Jeg er her. Vi er her sammen."

James løfter blikket og ser på meg med et alvorlig uttrykk. "Viktoria, du har alvorlige skader. Magen din, kroppen din – du har blåmerker overalt."

Jeg lar blikket gli oppgitt rundt i rommet, de hvite veggene og det sterile lyset som minner meg om hvor mange ganger jeg har vært her før.
"Jeg sov i tre dager fordi en prinsesse trenger skjønnhetssøvnen sin."

Et lite smil trekker seg oppover leppene hans, så svakt at det nesten ikke er der, men jeg ser det. Og jeg kan ikke dy meg. Jeg lener meg fremover, tross smerten, og kysser ham mykt på leppene. I det øyeblikket skulle jeg ønske tiden kunne stoppe. At vi kunne bli sittende slik, fanget i noe perfekt.

Kapittel 28

Dag fem på sykehuset har jeg endelig nok krefter til å sitte oppreist i sengen. James og jeg sitter med kortstokken mellom oss, midt i en intens runde vri åtter, da døren åpnes og Dr. Sloan kommer inn. Han bærer en tykk bunke med papirer, og blikket hans hviler på oss et øyeblikk før han smiler.

"Hei igjen, Viktoria. Hvordan går det?" Spør han med en mild tone. Jeg møter blikket hans og smiler, prøver å lette på stemningen.

"Det kunne vært verre."

Kommentaren får James til å dulte meg forsiktig i armen med et lite, oppgitt smil. Jeg ler svakt og gir ham et blikk som sier at jeg mener det godt. Dr. Sloan betrakter oss i noen sekunder før han sukker lett og begynner å snakke igjen.

"Du var heldig, Viktoria. Med tanke på skadene dine, var du utrolig heldig at det ikke gikk verre. Du kunne dødd på grunn av de indre skadene, hadde ikke James dukket opp akkurat da han gjorde det."

Ordene hans er tydelige og sakte, og det treffer meg hardt. Jeg har hørt så mye på disse fem dagene, men nå synker realiteten inn for alvor. Jeg kunne ha dødd.

"Vi skal ta deg med opp til røntgen og CT i 3. etasje for å få et bedre bilde av hvordan kroppen din ser ut nå," fortsetter han profesjonelt, men med et snev av omsorg i stemmen.

"En sykepleier kommer snart for å kjøre deg opp. Så sees vi om litt."

Han smiler varmt før han forlater rommet, men jeg sitter igjen med en tung klump i brystet.

Det er så mye informasjon å ta inn, og en overveldende følelse skyller over meg som en flodbølge. Pusten min begynner å gå raskere, hvert åndedrag er kortere enn det forrige. Jeg prøver å si noe, men ordene forsvinner før de når leppene mine. Plutselig sitter jeg der og hyperventilerer.

Trekk pusten, Viktoria. Du må slappe av. Ordene runger i hodet mitt, men kroppen nekter å adlyde. Hjertet mitt hamrer ukontrollert, som om det prøver å bryte ut av brystet. Jeg vet hva dette er – et panikkanfall – men jeg klarer ikke å stoppe det. Jeg føler meg fanget, låst inne i min egen kropp.

James merker det. Han slipper kortene og legger hendene på skuldrene mine.

"Viktoria, se på meg," sier han med en rolig, bestemt stemme. "Du er trygg. Det er bare meg og deg her. Jeg har deg."

Jeg prøver å fokusere på stemmen hans, men kaoset i kroppen min slipper ikke taket.

...

Vi fortsetter å spille kort etter at Dr. Sloan forlater rommet. Stemningen er tyngre nå, ordene fra legen henger i luften som en usynlig sky. Her ligger jeg på madrassen ved siden av Viktoria, og vi fortsetter å spille vri åtter. Jeg legger et par i kløver to og ser bort på henne for å følge med på turen hennes. Men noe stopper meg.

Hun ligger der, helt stille. Ingen tegn til bevegelse, ingen tegn til liv. Blodet mitt fryser til is i et sekund før det begynner å suse voldsomt i ørene. Jeg reiser meg brått.

"Viktoria?"
Stemmen min er spent, nesten panisk, men det kommer ingen respons. Jeg stormer opp i sengen ved siden av henne.
"Viktoria, er du der?"
Nå er stemmen min høyere, mer desperat. Jeg rister forsiktig i kroppen hennes, venter på motstand, en reaksjon – hva som helst. Men ingenting skjer. Hendene mine skjelver ukontrollert idet jeg løfter hodet hennes forsiktig opp og hviler det i hendene mine. Jeg prøver å holde pusten rolig, men hjertet banker så hardt at brystet føles trangt. Jeg legger en hånd på kinnet hennes før jeg løfter det ene øyelokket. Blikket hennes møter meg ikke. Øyet ruller bakover, hvitt og livløst.

"HJELP! Jeg trenger hjelp!"
Ropet river gjennom rommet, høyt og rått, til stemmen min skjærer seg og halsen blir sår. Jeg hører raske skritt, og plutselig står Dr. Sloan i døra.

Han tar et øyeblikk for å lese situasjonen før han styrter bort til oss. Blikket hans fanger ansiktet mitt, og jeg ser speilbildet av panikken min i øynene hans.
"Hva skjedde?" spør han rolig, men bestemt, idet han dytter meg ut av sengen. Jeg prøver å svare, men det føles som om ordene har blitt grøt i munnen min. Jeg vil forklare, men alt som kommer ut er uforståelige lyder. Hendene mine knyter seg, og jeg ser på Viktoria, hjelpeløs. Dr. Sloan er allerede i gang med å undersøke henne, men for meg føles hvert sekund som en evighet.

Øynene til Dr. Sloan borer seg rett inn i meg;
"James, hva skjedde?"
To sekunder går før jeg klarer å samle meg nok til å svare.
Ordene kommer sakte.
"Vi... vi spilte kort. Det var hennes tur, men da jeg
så på henne... hun lå der. Hodet på puta. Viktoria var
bare... borte."
Legen nikker kort, uten noe synlig reaksjon i ansiktet. Han
går rett til handling, gjør nøyaktig det jeg gjorde for bare
noen minutter siden. Han tar rask av bremsen på hjulene
og triller sengen ut av rommet, ut i gangen, uten et ord til
meg.

Jeg blir stående igjen, alene i det stille rommet. Hjertet
mitt hamrer voldsomt i brystet, som om det prøver å bryte
seg ut. Jeg ser mot døren som står halvåpen, og tankene
mine løper løpsk.

Vær så snill, redd henne. Ordene siver ut, hviskende, rettet
mot ingen.

Tiden går utrolig sakte. En halvtime har gått siden jeg ble
alene i rommet, men det kunne like gjerne vært flere timer.
Jeg har enda ikke fått noen oppdateringer fra legene, og
utålmodigheten gnager på meg. Jeg går rastløst frem og
tilbake, rundt i rommet, uten mål eller mening.

Akkurat idet jeg skal synke ned i stolen i hjørnet, ser jeg
Dr. Sloan. Han kommer gående i enden av korridoren.
Hjertet hopper til, og jeg kaster meg fremover, beina
beveger seg før jeg rekker å tenke. Jeg halvløper mot ham,
pusten blir tung på den korte avstanden, men jeg klarer
likevel å presse ut spørsmålet:
"Har du en oppdatering om Viktoria?"
Dr. Sloan ser sliten ut, som om dagen allerede har vært for

lang.

"Viktoria har det bra, James," sier han med en ro som umiddelbart får skuldrene mine til å senke seg litt. "Hun er fortsatt veldig slapp og sover nå på oppvåkningsavdelingen. Før hun sovnet, fortalte hun at hun hadde et panikkanfall. Det førte til at hun glemte å puste, og mangelen på oksygen fikk hjernen til å reagere kraftig."

Han ser på meg igjen, blikket fast og overbevisende, før han gjentar seg selv;
"James, Viktoria kommer til å bli frisk."

Det føles som om beina mine gir etter, og tårene triller ukontrollert nedover kinnene mine, en blanding av lettelse og overveldende følelser jeg ikke klarer å holde tilbake. "Tusen takk... Tusen takk for at du reddet henne. Kan jeg se henne nå?"
Dr. Sloan nikker og legger en støttende hånd på skulderen min.
"Jeg følger deg."

Vi beveger oss ut av rommet, tar en sving rundt hjørnet ved venterommet, videre gjennom to venstresvinger, før vi går nedover en lang korridor som føles endeløs. Rett frem ser jeg skiltet for oppvåkningsavdelingen. Gjennom glassvinduet ser jeg henne der, rolig og fredelig, koblet til maskiner som overvåker henne. Jeg går stille inn i rommet. Hver bevegelse føles som om jeg går på tynn is. Jeg kommer nærmere sengen og ser på henne, den personen som betyr alt. Hun ser så fredelig ut nå, det å se henne sånn, gjør det at hun ble tatt litt mer virkelig. Jeg setter meg ved siden av henne, tar hånden hennes forsiktig i min og hvisker: "Jeg er her, Viktoria. Jeg går ingen steder."

147

Kapittel 29

Når jeg våkner fra den drømmeløse søvnen, ser jeg James. Ansiktet hans lyser opp i det han ser at jeg er våken. "Kom hit, gutten min. Jeg har savnet deg." Han går rolig bort til sengekanten og gir meg en klem jeg har ventet på lenge. Jeg kan føle lettelsen hans, og for et øyeblikk er alt annet glemt. "Nå får du ikke lov til å komme på sykehuset mer, kjære."

Sier han med et alvorlig uttrykk. "Tanken på at du er skadet ødelegger meg." Ordene hans treffer meg hardt, og jeg ser ned i gulvet, usikker på hva jeg skal svare.

En hånd løfter haken min, og jeg ser rett inn i de nydelige, men slitne øynene til James. "Dessuten tror jeg Dr. Sloan er lei av oss." Jeg kjenner latteren komme fram og ender opp med å le så tårene triller. Akkurat i det James setter seg på senga og begynner å tørke tårene mine, kommer legen inn med et vennlig smil. "Hei dere to. Godt å se at du er våken Viktoria. Nå tenker jeg du er klar for å reise hjem?" Jeg kan ikke få smilet mitt til å bli større. "Kan jeg dra hjem?" Det føles som om jeg har grodd fast i senga, etter over en måned på sykehuset.

...

Kroppen min har ingen krefter igjen når vi setter oss i bilen. Hodet mitt faller til siden og hviler på skulderen til

James. Jeg er så utmattet at jeg ikke merker at bilen stopper, eller at han forsiktig løfter meg ut av bilen og bærer meg inn. En myk dyne møter ryggen min, og jeg våkner knapt da jeg hører stemmen hans, lav og kjærlig: "Jeg elsker deg, jenta mi." Jeg kjenner varmen fra kroppen hans da han legger seg ved siden av meg, og pusten hans kiler mot nakken min.

Jeg har aldri sovet så lenge som nå. Når jeg endelig klarer å komme meg opp i rullestolen, lar jeg neseborene fylle seg med duften av arme riddere som fyller rommet. Synet som møter meg på kjøkkenet, får meg til å stanse et øyeblikk. James står foran stekepannen i bar overkropp, og jeg blir alltid overrasket over hvordan blodet og varmen stiger i kroppen min. Han ser bort fra stekepannen og møter blikket mitt.

"Har du sovet godt, vennen?," spør han med et varmt smil.

Jeg svarer med et smil som blander seg med et stort gjesp.

"Det føles som om jeg har sovet i en evighet."

Jeg sitter i døråpningen når James kommer bort til meg, stryker fingrene forsiktig nedover armene mine og gir meg støtte. Jeg tar beina ned fra fotbrettet og setter dem på gulvet. Han legger en fast arm rundt magen min, og sammen reiser vi oss. Det er første gang på lenge jeg ser på mannen min i vanlig høyde, og jeg har virkelig savnet det.

"James, du aner ikke hvor mye jeg setter pris på deg," sier jeg med et smil, stemmen min fylt med følelser.

"Jeg vet jeg ikke sier det ofte nok, men at jeg får lov til å være kjæresten din er en gave. Og at jeg får være kona di. Det er en drøm jeg ikke visste jeg hadde før jeg møtte deg."

James ser på meg med tårer i øynene, og jeg kjenner at hjertet mitt fylles med varme. Uten et ord drar han meg nærmere, til ansiktene våre bare er noen få centimeter fra hverandre. Der, i stillheten, kysser han meg – et kyss så intenst og fullt av følelser at jeg blir nødt til å trekke pusten for å få luft.

Vi står midt på kjøkkengulvet en god stund, og jeg kunne gjerne blitt i armene hans i evigheter. Men det tar ikke lang tid før beina mine svikter, og James må gripe tak i meg for å holde meg oppe. Uten å kunne stoppe meg selv, ender jeg med at rumpa mi treffer gulvet, hardt mot flisene, og jeg drar med meg James så han faller rett over meg. Jeg bryter ut i latter, og snart gjør det så vondt i magen at jeg nesten ikke klarer å stoppe. James ligger over meg, og det store smilet hans smitter umiddelbart.

"Viktoria. Dr. Sloan sa at du måtte ta det rolig, og dette her," han ser på meg med et lekent blikk, "er definitivt ikke å ta det rolig."

Jeg ruller med øynene og gir ham et irritert blikk. James vet at jeg er forsiktig, men han liker alltid å påpeke det når han får sjansen.

Han redder situasjonen ved å se meg dypt inn i øynene og smile søtt. Sommerfuglene i magen våkner til liv igjen, og jeg blir tomatrød i ansiktet. Vi har vært kjærester i snart to år, men likevel føler jeg meg like rød og varm i kroppen som den første gangen James prøvde å kysse meg. Jeg håper virkelig at jeg aldri slutter å få den følelsen, at jeg aldri slutter å få sommerfugler i magen hver gang han ser på meg slik.

Jeg kommer ut av bobla av tanker når James retter seg opp og hjelper meg tilbake i stolen. Jeg ser på mannen min med usikre øyne, før jeg trekker pusten dypt og spør: "Husker du den kvelden jeg ble tatt?" Ansiktsuttrykket hans sier alt. Jeg ser ned i gulvet og fortsetter.

"Da jeg lå på asfalten, midt i kaoset, hørte jeg en motorsykkel komme inn i tunnelen. Vi har ikke motorsykkel, så hvor kom den fra?"

De kastanjebrune øynene hans blir klare, og jeg ser at han tenker.

"Jeg tenkte ikke klart den kvelden, så jeg lånte motorsykkelen til en av kompisene mine og kjørte så fort jeg kunne. Jeg gikk i krisemodus."

Spørsmålene ligger på tunga mi.

"Men... hvordan kom jeg til sykehuset da?"

"Kompisene mine kjørte bak meg med bilen, og vi byttet da jeg kom ut av tunnelen. Etter det kjørte jeg så fort jeg kunne til sykehuset."

James ser på meg med et alvorlig blikk. Jeg husker ikke noe annet enn at jeg lå på asfalten, og så våknet jeg på sykehuset.

"Hvem passet på Tassen da vi var på sykehuset? Han kan jo ikke være alene enda." Jeg ser på James med et spørsmål i blikket. Han trekker en hånd under haka og møter øynene mine.

"Scott, Kristoffer og Amelia byttet på å passe på ham. Jeg hadde aldri latt valpen vår være alene."

En lettelse sprer seg i skuldrene mine, og jeg merker hvordan spenningen slipper taket. James ser at jeg slapper av, og uten å si et ord, kjenner jeg to varme hender begynne å massere skuldrene mine. En strøm av frysninger går gjennom kroppen, helt ned i korsryggen.

152

Jeg kan ikke gjøre annet enn å legge hodet framover og nyte massasjen hans med et tilfreds sukk.

Kapittel 30

Jeg våkner med hodet fullt av skremmende tanker. Er jeg god nok? Er jeg virkelig god nok for James? Spørsmålene sniker seg inn, dykker dypere, og det skremmer vettet av meg. Jeg aner ikke hva jeg skal gjøre.

Forsiktig setter jeg meg opp i senga og prøver å flytte meg over i rullestolen uten å vekke James. Han sover fredfullt, med et avslappet ansiktsuttrykk, helt uvitende om stormen i hodet mitt. Jeg triller inn på badet, lukker døra bak meg og prøver å samle tankene.

Men det hjelper ikke. Jeg får ikke nok luft. Det føles som om lungene mine nekter å utvide seg helt. Jeg anstrenger meg til magen endelig hever seg, men det er tungt. Så tungt. Noe må være galt med meg. Det er det eneste svaret som gir mening.

Jeg ser på meg selv i speilet. Øynene mine er blanke og fulle av spørsmål. Hvorfor er hodet mitt sånn? Hvorfor kommer jeg ikke unna disse tankene? Jeg prøver alt jeg kan for å tenke på noe annet – alt annet – men jeg ender opp tilbake i den samme spiralen hver gang. Noe må være galt.

Armene mine hviler tungt på kanten av vasken. Hodet mitt er bøyd, og blikket mitt er limt til proppen i bunnen av vasken. Jeg strekker meg og skrur på kranen. Vannet renner kaldt og klart, og jeg lar en hånd gli under strålen før jeg drar den over ansiktet. Jeg prøver å skyve bort tankene, men de nekter å forsvinne.

Når jeg ser opp, møter jeg speilbildet mitt – og kjenner det ikke igjen. Jeg stirrer inn i øyne som er hovne og røde, omkranset av mørke ringer. Huden min ser ut som den har blitt strukket og dratt i alle retninger. Dette ansiktet. Det kan ikke være mitt. Det må være noen andre som stirrer tilbake på meg. En fremmed.

Hvorfor sitter jeg fast i denne forbaskede stolen?! Sinne og frustrasjon eksploderer inni meg. Jeg lar neglene mine synke inn i lårene, og drar dem hardt over huden, igjen og igjen, til jeg ser røde striper bli synlige. En hulking strømmer ut av brystet mitt, en lyd jeg ikke kan kontrollere. Den fyller rommet og blir bare møtt av speilbildets tomme, smertefulle blikk.

James hører hulkingen min og kommer løpende inn på badet. Han møter blikket mitt, og jeg hvisker lavt:
"Er jeg verdt å elske? Hvorfor elsker du meg? Kroppen min fungerer ikke. Jeg har ingen verdi."
Tårene triller nedover kinnene mine, varme og uendelige.

"Viktoria," sier han mykt, men med en intensitet som borer seg rett inn i sjelen min. "Jeg giftet meg ikke med deg fordi jeg ønsket et perfekt liv eller en perfekt kropp ved siden av meg. Jeg giftet meg med deg fordi du er deg. Jeg elsker deg, ikke bare for det du gjør, men for den du er."

Jeg kjenner tårene strømme ukontrollert, men de føles annerledes nå. Sorgen slipper taket, erstattet av en lettelse som fyller meg helt. En ubeskrivelig varme brer seg fra hjertet og ut i hele kroppen.

Jeg griper tak i hendene hans og trekker ham nærmere. Pannen hans hviler mot min, og vi står der, bundet sammen i noe som er dypere enn ord.

"Du vet at jeg ikke alltid klarer å tro på det du sier," hvisker jeg. "Men akkurat nå. Akkurat nå tror jeg deg." James smiler gjennom tårene som også har samlet seg i hans øyne.

"Bra," sier han lavt. "For det er sant, og jeg kommer til å fortsette å si det, hver dag, helt til du aldri tviler igjen."

"Viktoria," sier han forsiktig, som om han prøver å ikke skremme meg. "Hva er det som har skjedd? Hvorfor er det merker på lårene dine?"

Jeg prøver å svare, men ordene sitter fast i halsen. Tårene presser på igjen, og det føles som om hele kroppen min vil synke sammen.

"Jeg... jeg vet ikke, hvisker jeg endelig. Jeg klarte bare ikke.. Jeg ville bare at alt skulle stoppe."
Han setter seg på huk foran meg, tar hendene mine i sine, og venter. Jeg kan se at han venter på at jeg skal samle meg, at han ikke vil presse meg.

"Du betyr alt for meg," sier han lavt etter en stund. "Jeg trenger å vite hvordan jeg kan hjelpe deg, jenta mi. Jeg vil at du skal ha det bra, og jeg vet at det ikke alltid er lett, men vi kan finne en måte sammen."

Jeg ser på ham, og tårene begynner å renne igjen.

"Jeg er så lei for det, James," sier jeg med en stemme som nesten ikke er mer enn en hvisking. "Jeg vet at det er mye, jeg vet at jeg er mye."
Han rister på hodet, nesten før jeg er ferdig med setningen.

155

"Viktoria, ikke si det. Aldri si det. Du er aldri for mye for meg. Du er min kone, og det er mitt privilegium å være her for deg, uansett hva som skjer. Vi skal finne ut av dette sammen, ok?"

Jeg nikker svakt, og han trekker meg inn i en klem igjen. Denne gangen holder jeg fast i ham som om han er redningsbøyen min, og for første gang på lenge føles det som om jeg kanskje kan finne roen igjen. Ikke alene, men med ham ved min side.

Kapittel 31

Etter flere dager uten nett eller skjerm logger jeg inn på Instagram. Det føles uvant, nesten ubehagelig, og plutselig kjenner jeg hjertet hamre. Jeg vurderer å logge ut igjen, men fingrene mine nekter å stoppe. Jeg fortsetter å bla nedover på James' profil.

Så stopper jeg ved et bilde av oss to. Pusten min sitter fast i halsen idet jeg klikker meg inn og begynner å lese kommentarene.

"Hvorfor giftet James seg med en i rullestol? Jeg hadde gitt henne opp for lengst. Jeg skjønner ikke hva han ser i henne!"

Ordene slår meg hardt, som et slag i magen. Skjelvende flytter jeg blikket fra skjermen til James, som sitter i sofaen. Det brune håret hans faller lett over pannen mens han konsentrert ser på PC-skjermen. Han virker uanfektet, totalt oppslukt i arbeidet sitt.

Jeg vender blikket tilbake til mobilen, men kommentarene har plantet seg fast i tankene mine, som en gift. Jeg føler meg tung, utilstrekkelig. Så, midt i kaoset av følelser, hører jeg en lett kremting rett foran meg.

"Kan du ta en pause?"
Spør James med en mild, men bestemt stemme. Jeg legger motvillig fra meg mobilen og møter det store, varme smilet hans. Det er umulig å motstå blikket hans, selv om tankene fortsatt kretser rundt det jeg nettopp leste.

Uten et ord bøyer han seg ned, og med en omsorg som får hjertet mitt til å banke litt roligere, løfter han meg forsiktig ut av rullestolen. Armene hans holder meg trygt, og jeg kjenner styrken hans i den lette, men bestemte bevegelsen. Han sier fortsatt ingenting, men det trenger han heller ikke.

Vi beveger oss ut mot bilen, og selv om jeg ikke vet hvor vi skal, fyller stillheten mellom oss meg med en uventet ro.

Han kjører ut av gårdsplassen vår og videre inn mot byen. Gatene glir forbi, men jeg klarer ikke å holde spenningen i kroppen tilbake. Beina mine spretter ukontrollert, og James ler lavt, det lune smilet hans glimtende i sidesynet.

"Hvor skal vi?," spør jeg utålmodig, men han sier ingenting. Han bare fortsetter å kjøre, rolig og fokusert, helt til vi stopper foran et lite fotostudio.

"Her skal vi inn," sier han enkelt, og noe i tonen hans gjør meg enda mer nysgjerrig.

Når jeg triller over dørstokken og inn i det lyse rommet, stopper jeg opp og ser meg rundt. Det er enkelt innredet, men varmt, med myke lamper og bilderammer som dekker veggene. Jeg snur meg mot James, hjertet banker raskere.

"Hva har du planlagt?," spør jeg med et svakt smil, mens følelsen av forventning vokser.

Helt bakerst i lokalet får jeg øye på flere stativer fylt med de mest nydelige kjoler jeg noen gang har sett. Nysgjerrigheten tar overhånd, og jeg triller nærmere, blikket festet på de luftige stoffene og detaljene som skinner i lyset. Når jeg kommer nærme nok, legger jeg merke til noe som får hjertet mitt til å hoppe over et slag: alle kjolene er hvite. Spørsmålene begynner å strømme gjennom hodet mitt. Hva er planen? Hvorfor er kjolene hvite? Kan det være... brudekjoler? Jeg kjenner en kriblende spenning blande seg med forvirringen.

Før jeg rekker å si noe, kjenner jeg vekten av James' armer som hviler over skuldrene mine. Jeg ser opp på ham, men han bare smiler rolig, uten å avsløre noe. Det varme blikket hans gjør det umulig å tvile på én ting: Han har planlagt noe helt spesielt.

James bøyer seg nærmere og hvisker, med en stemme full av varme: "Gratulerer med bryllupsdagen, prinsessa mi. Tenk at vi har vært gift i et år allerede." Ordene hans fyller hjertet mitt, og når han legger leppene forsiktig inntil kinnet mitt, våkner sommerfuglene til liv igjen, like sterke som da vi først møttes.

Han trekker seg litt unna og ser meg dypt i øynene.
"Vi var jo ikke akkurat pyntet den dagen Scott viet oss," sier han med et ertende smil.
"Så jeg tenkte kanskje du ville ta noen ordentlig fine bilder denne gangen?"

Før jeg rekker å svare, slipper jeg ut et gledeshyl. Fra bak et svart forheng ser jeg plutselig kjente ansikter dukke opp. Kristoffer, Scott, Pernille og Amelia løper mot oss, latter og rop fyller rommet idet de omfavner oss. Hjertet mitt føles som om det skal sprenge av glede – de er her, alle sammen.

I det samme kommer en mann bort og smiler vennlig. Han strekker ut hånden og sier: "Hei, jeg heter Oscar, og jeg skal ta bilder av dere i dag."
Jeg rekker frem hånden for å hilse, mens en kriblende følelse sprer seg gjennom hele kroppen. Dette øyeblikket,

denne dagen… Det føles som en drøm som går i oppfyllelse.

Oscar peker vennlig mot et prøverom, og jeg følger etter med kjolen som henger foran på stativet. Stoffet føles mykt mot fingertuppene, og jeg kjenner forventningen vokse idet jeg lukker døren bak meg.

Når jeg tar på kjolen og ser meg i speilet, mister jeg nesten pusten. Den sitter perfekt – som om den er skreddersydd for meg. Fasongen fremhever de få formene jeg har, og de lange armene er ikke bare elegante, men også praktiske, akkurat slik jeg trenger for å unngå at stoffet setter seg fast i hjulene. Noen må ha lagt ned mye omtanke i valget av kjoler. Et smil sprer seg over ansiktet mitt, og jeg kjenner et snev av stolthet blande seg med gleden.

Jeg triller ut fra prøverommet, nervøs, men spent på reaksjonene. Idet jeg stopper foran det store speilet i fotostudioet, møter blikket mitt de andre.
"Så nydelig du er," sier noen, og jeg kjenner at ordene treffer rett i hjertet.
Det er en følelse jeg har savnet – å føle meg vakker, virkelig vakker. Jeg kan ikke huske sist jeg følte dette, kanskje ikke siden før ulykken.

Oscar begynner å dirigere oss, og vi starter med noen gruppebilder. Jeg kan høre latter og små kommentarer i bakgrunnen mens vi poserer sammen. Til slutt er det bare oss igjen – James og jeg. Teamet hans sier farvel, smilene deres er varme og ekte, før de forsvinner ut døren. Nå er det vår tur. Bare oss, kameraet og øyeblikket.

Jeg sniker meg forsiktig inn på prøverommet med kjole nummer fem på fanget. Det føles som et lite eventyr. Kjolen er uten armer, med et langt, elegant skjørt og en topp formet som et hjerte. Jeg glir inn i stoffet og ser opp i speilet, usikker på hvordan den vil sitte. Til min lettelse er skjørtet akkurat passe langt, som om denne også var sydd for meg.

Jeg puster lettet ut og lar blikket gli over speilbildet mitt. Kjolen passer perfekt – den er ikke bare vakker, men føles som meg. En bølge av selvtillit og glede skyller over meg, og jeg kjenner at jeg smiler, større enn jeg har gjort på lenge.

Men det er først når jeg trekker forhenget til side at overraskelsen virkelig treffer meg. James står der, stilt opp i en dress som sitter som støpt. Stoffet skinner lett i lyset, og den mørke fargen fremhever de kastanjebrune øynene hans.

Han ser på meg, øynene store og fulle av noe jeg ikke kan beskrive som annet enn kjærlighet. Det er som om han ser meg for første gang – eller kanskje på akkurat samme måte som den første gangen. Hjertet mitt dunker hardt, og en varm rosafarge brer seg over kinnene mine. I det øyeblikket kjenner jeg det: Jeg er forelsket på nytt.

Oscars stemme fyller rommet med en rolig autoritet.
        "Viktoria, du kan stille deg ved siden av James her borte."
Hver bevegelse føles uvanlig, men samtidig som om det er akkurat der jeg skal være. Når jeg kommer bort til James, bøyer han seg ned og hvisker i øret mitt, stemmen hans er lav og full av varme.
        "Du ser helt fantastisk ut, prinsessa mi."
Hans ord er som et løfte, et nærvær som fyller meg med en lettelse og en varme helt nederst i magen.

"Nå gjelder det å ha det gøy og slippe dere litt løs," sier Oscar med et smil, og setter på musikk. "Bare gjør det som føles riktig, glem at jeg er her med et kamera."

De første bildene som blir tatt er av James som kaster meg opp i luften, og kjolen min flammer opp rundt meg. Jeg ser overrasket ut, men fylt med glede. Lufta rundt meg føles som frihet, og før jeg rekker å tenke på noe annet, lander jeg trygt i armene hans. Jeg kjenner hjertet mitt banke raskt, en følelse av tillit og kjærlighet. Neste bilde får vi beskjed om at jeg skal sitte på ryggen hans mens han løper, så Oscar kan fange oss i fart. Jeg ler så mye at tårene triller. Jeg har savnet den lekenheten James har, den evnen han har til å få meg til å le – og det får meg til å tenke på hvordan han kommer til å være som pappa.

James hjelper meg tilbake i stolen. Når han lener en hånd over meg og sakte trekker rullestolen bakover, kjenner jeg et sug i magen. Øynene mine er festet på ham, og jeg klamrer meg fast i armene hans, som om han er min eneste trygghet. Varmen i magen min vokser, og et øyeblikk ønsker jeg at tiden skal stoppe, men så hører vi Oscars kremt. Verden kommer tilbake, og vi blir minnet om at vi er i et studio, men følelsen mellom oss, den er umulig å ignorere.

Mannen min i den fine dressen retter forsiktig opp stolen min, og vi vender blikket mot Oscar. "Det siste bildet jeg vil ta," sier Oscar med et smil, "er et bilde som kan henge på veggen. Jeg tenkte på noen der du tar en piruett."

James ser på meg med et lurt smil og strekker hånden sin mot meg. Jeg tar den, og før jeg rekker å tenke på det, løfter han meg lett. Jeg kjenner hvordan jeg snurrer rundt i luften, og plutselig går alt så fort. Jeg mister litt kontroll, kroppen min svever i en uventet bevegelse, og i et øyeblikk er alt en virvelvind av farger. James holder meg tett inntil seg for å hindre meg i å falle, og jeg kjenner varmen fra kroppen hans. Jeg ser på ham, og vi deler et øyeblikk fylt av glede og letthet – et øyeblikk som føles som om det varer evig.

...

Mandagen har kommet, to uker etter vi tok brudebilder og klokken på mobilen viser åtte. Jeg er på vei til å rulle ut av rommet i stolen min da James kommer inn med et smil som lyser opp ansiktet hans. Han stopper ved meg, bøyer seg ned og kysser meg mykt på leppene. Jeg elsker morgenkyssene hans. Det har blitt en vane for oss, noe helt naturlig. Hver morgen, etter at vi våkner, kommer han alltid inn til meg for å gi meg et kyss før dagen starter. Jeg kan ikke huske at vi noen gang har hatt en morgen uten det. Jeg har faktisk blitt litt irritert på ham hvis han en sjelden gang glemmer det – ikke fordi han prøver å være uoppmerksom, men fordi det føles som en del av oss, en liten, men viktig gest som setter tonen for hele dagen.

Jeg tror vi begge fortsatt har 1-års bryllupsdagen friskt i minnet. James setter seg på sengen og ser på meg med et blikk som får meg til å føle meg forstått, nesten før han sier noe.

"Har du fortsatt et ønske om barn, Viktoria?,"spør han forsiktig. Jeg nikker. Den mannen er den ene som kan lese meg bare ved å se på meg. "Jeg har snakket med Dr. Sloan," fortsetter han, og stemmen hans er rolig, men besluttsom. "Vi kan komme inn for å snakke om mulighetene i dag klokka 10. Hva tenker du?" Ønsket om barn har vært der så lenge jeg kan huske, men det har blitt sterkere etter at vi møttes og giftet oss. Når jeg ser opp på mannen min, ser jeg på en mann som er klar for å bli pappa. Det lyser i øynene hans, og jeg kjenner et sug i magen. Jeg aker meg godt inn i stolen, tar hånden hans og trekker ham nærmere.

"Jeg har aldri ønsket det mer," hvisker jeg, og ordene føles som et løfte, som et steg mot en fremtid jeg har ventet på.

Kapittel 32

Frokosten spises i stillhet. Nervøsiteten gnager i meg nå som vi skal legge ut på et nytt eventyr sammen. Det føles både skummelt og spennende på samme tid. Mannen som sitter overfor meg ved frokostbordet sier ikke et ord. Han sitter der med sovesveis og tygger på en skive med peanøttsmør.

Når vi kommer frem, kan jeg se nervene i ansiktet til James. Jeg vet hvor mye han ønsker å bli pappa. Jeg klemmer hånden hans tre ganger mens vi venter på Dr. Sloan. James løfter hodet og møter blikket mitt uten å si noe; går det egentlig an å være forberedt på noe som helst akkurat nå? Hva kommer han til å si?

Lufta går ut av lungene mine idet døra åpnes, og legen inviterer oss inn på kontoret. Jeg klarer ikke å bevege meg. Det føles som om jeg har dotter i ørene. Fokuset mitt er på Dr. Sloan. Pulsen dunker hardt mens jeg forsøker å høre hva han sier: "James ringte meg tidligere i uka og fortalte at dere ønsker barn i nærmeste framtid."

Han smiler, og James tar hånden min, klemmer den tre ganger og holder blikket sitt på meg. Dr. Sloan fortsetter: " Etter at du var i ulykkene, er det viktig at vi får klarert om kroppen din klarer å bære fram et barn. Jeg skal hjelpe dere med å ta ulike tester. Men før vi starter med testene, må jeg spørre: Er dere helt sikre på at dere vil dette?" James og jeg ser på hverandre. Etter et øyeblikks stillhet svarer han tydelig: "Vi er helt sikre. Vi skal være sammen om dette." Jeg nikker og legger til: "Ønsket om å bli

165

mamma har alltid vært der."
Legen smiler.
"Da begynner vi med en blodprøve for å sjekke om
det finnes noen sykdommer vi ikke har oppdaget
tidligere."

En god stund senere får vi svar på blodprøvene. Det står at
jeg er frisk og ikke har noen skumle sykdommer. Jeg
puster lettet ut. Nå sitter vi på venterommet, der vi venter
på en kvinnelig lege som skal gjennomføre flere tester.

Nervene er der. Jeg er ekstra spent på denne testen fordi
den betyr mest for det som skjer senere. Legen hilser og
fører oss inn på et rom med en ultralydmaskin ved siden
av en undersøkelsesstol. Magen min vrir seg av nervøsitet.
Hun rekker meg en lang skjorte og går mot døra.
"Du skal få litt privatliv, så sees vi om noen
minutter," sier hun med et smil. Jeg får øyekontakt med
James, som smiler støttende til meg.
"Vi klarer dette," sier han rolig. Jeg ser ned på
skjorta, trekker pusten dypt og tar den på i stillhet. Etter
knappe fem minutter er hun tilbake.
"Du kan ta plass i stolen, Viktoria."

James hjelper meg forsiktig på plass. Legen smører gelen
på apparatet og ser på meg. «Du kommer til å kjenne litt
ubehag i noen minutter, men det går snart over.
"Er du klar?," spør hun vennlig. Jeg vil helst bare
reise meg og gå, forlate hele situasjonen. Men i stedet
trekker jeg pusten dypt og nikker.

"1 ... 2 ... 3!"

Jeg presser øynene hardt igjen idet ubehaget skyter
gjennom magen. Smerten er ubehagelig, men jeg rekker ut

hånden mot James. Han tar den uten å nøle. Når legen endelig sier: "Sånn, da er du ferdig", åpner jeg øynene igjen.

Jeg slipper hånden til James, som rister armen forsiktig for å få tilbake blodsirkulasjonen. Jeg smiler svakt. Jeg er visst sterkere enn jeg trodde. Etter denne undersøkelsen er jeg endelig klar til å dra hjem. Det var ubehagelig, men jeg vet at det vil være verdt alt jeg må gjennom hvis muligheten for barn er der.

På vei ut er jeg borte i egne tanker og får ikke med meg hva som blir sagt rundt meg. Det er rart hvordan noen få timer på sykehuset kan tappe en helt for energi. Jeg sovner på et øyeblikk i bilen og sover hele veien hjem.

Uka mellom sykehusbesøket og svaret på den siste testen føles uendelig lang. Tiden snegler seg av gårde, men på torsdag kommer endelig svaret.

Telefonen ringer. En glad stemme møter oss:"Hei! Jeg kan tenke meg dere er spente nå?"
Jeg klarer ikke si noe, så James tar hånden min og svarer for oss: "Vi er veldig spente. Kan du bare si hva resultatet er?"

Dr. Sloan ler vennlig.
"Testene viser at du har full mulighet til å få barn."
Tårene strømmer ukontrollert. James spretter opp fra sofaen, kaster armene i været og roper:"Jeg visste det!"
Dr. Sloan ler i telefonen: "Gratulerer, dere to! Vi holder kontakten. Ha det bra!"

James ser på meg med et lurt smil før han løfter meg i et prinsesseløft.
"Du kommer til å bli en super mamma, jenta mi,"

sier han varmt. Jeg legger armene rundt nakken hans og ser på ham med et blikk fylt av kjærlighet. Jeg kan nesten sprekke – jeg giftet meg virkelig med drømmemannen. Han bærer meg inn på soverommet og setter seg forsiktig på senga med meg i armene. Vi blir sittende slik en stund, bare se på hverandre. Til slutt bryter han stillheten.

"Ord kan ikke beskrive hvor mye jeg elsker deg." Blikket hans er rolig, men intenst, før han legger til: "Viktoria, jeg følger ditt tempo. Det er din kropp, og du bestemmer."

Han snakker fra hjertet, og det treffer meg dypt. Likevel kjenner jeg nervøsiteten krible i hele kroppen.

"Jeg er nervøs," sier jeg fort, nesten hviskende.

Han smiler søtt.

"Jeg også."

Vi ler begge to, og jeg kjenner spenningen slippe taket.

"Kroppen din er som et skattekart jeg ikke kan vente med å utforske sammen med deg," sier han mykt.

De ordene smelter hjertet mitt. Jeg lener meg mot ham, legger leppene forsiktig mot ham, og vi faller bakover i senga. Smilet mitt forsvinner ikke – dette er den perfekte starten på et nytt kapittel i livet vårt.

Uker går, og hverdagene med James blir bare bedre og bedre. Mannen min skal spille sin første konsert etter en pause, og tankene mine vandrer tilbake til dagen vi møttes for første gang. Jeg tenker ofte på den dagen – det var da livet mitt tok en ny og bedre retning. Angstanfallene mine kommer sjeldnere nå, og de vonde tankene er nesten borte.

Amelia kommer innom en kveld for å se en film. Vi gjør klar snacks og flytter TV-en inn på soverommet. Mens vi rigger oss til, merker jeg at tonefallet hennes endrer seg. Hun drar litt på ordene i det hun spør: "Viktoria ... Har det skjedd noe mellom dere i det siste? James oppfører seg så rart når vi nevner navnet ditt. Dere krangler vel ikke?" Bekymringen i stemmen hennes er tydelig, og jeg smiler beroligende.

"Nei, det er nok ikke det. Vi har bestemt oss for å stifte familie, og vi prøvde for første gang for noen uker siden."

Amelia ser overrasket ut, men sier ingenting. Vi setter på filmen og kommer omtrent en halvtime inn før hun plutselig spretter opp fra senga og roper: "Skal dere bli foreldre??"

Jeg ler og svarer: "Vi prøver."

Hun gir meg en god, varm klem.

"Så gøy, Viktoria! Har du merket noen forandringer?"

Blikket mitt vender tilbake til skjermen.

"Vi har så vidt begynt å prøve, så det er litt tidlig å si. Men ja, det er veldig spennende."

Kapittel 33

James kryper under dyna, og jeg kjenner varmen fra ham idet han legger armen rundt nakken min. Jeg er på grensen til å sovne når jeg mumler: "Jeg fortalte Amelia at vi prøver. Hun var innom i dag og hun begynte straks å skrive en liste med navn og ting vi trenger."
Han ler stille og kysser meg i nakken og jeg forsvinner inn i drømmeland.

Plutselig løper jeg på friske, sterke bein gjennom en tett skog. Sollyset bryter gjennom bladverket, og jeg kommer til en lysning fylt med blåveis, smørblomster og løvetann. Midt i alle de vakre blomstene sitter en jente på rundt åtte år.

Jeg våkner brått, andpusten, med hjertet hamrende i brystet. Drømmen føles så virkelig. Kan det bety det jeg tror? Skal vi virkelig få en jente?

Jeg sover urolig resten av natten. Når de første lysstrålene siver gjennom gardinene, og James vender seg mot meg, hvisker jeg mykt i øret hans: "Kan vi kjøpe en graviditetstest i dag?"
Han snur seg raskt rundt, ansiktet fylt med våken nysgjerrighet, mens han krøller seg lenger inn i dyna.
     "Selvfølgelig kan vi det, prinsessa mi. Drømte du noe som gjør at du vil kjøpe tester?"
     "Ja. Jeg drømte at jeg løp gjennom en skog og så en liten jente leke i en blomstereng. Jeg tror det er meningen at vi skal få en jente. Men uansett hva det blir, kommer jeg til å bli lykkelig."

171

Vi kommer oss raskt opp og ut i bilen. Kriblingen i magen blir sterkere når vi står midt blant hyllene med babytøy og utstyr. Jeg plukker med meg fire graviditetstester så fort jeg ser dem, og gir dem til James. Idet han tar imot, hører jeg en lav hvisking rundt oss: "Er Viktoria gravid?"

Ordene treffer som små nålestikk, og jeg kjenner et sterkt ønske om å forsvinne. James legger merke til reaksjonen min, og de krystallklare brune øynene hans møter mine med et beroligende smil.

"Jeg tror vi trenger å komme oss litt bort og fokusere på noe annet,"
sier han rolig, før han lar blikket gli ned til magen min.
"Hvor vil du reise?"
Jeg lar tankene vandre til varmere strøk, ser for meg sandstrender og solnedganger. Svaret kommer raskt:
"Hawaii."

...

Jeg fordyper meg i bøker i bokhandelen på flyplassen mens James sjekker inn bagasjen vår. Jeg kan knapt tro at vi faktisk skal til Hawaii. Akkurat nå, i livet mitt, føles det som om jeg er med i et eventyr. I køen til kassa blar jeg i en bok som fanget interessen min. Den er full av tenåringsromanse og drama, men det gjør ingenting. Jeg liker tanken på å drømme meg bort.

Mobilen vibrerer i jakkelomma mi akkurat idet jeg er ferdig med å betale.

James: "Flypersonalet trenger at du kommer til gaten så fort som mulig. Kommer du? "

Jeg smiler ned på mobilen.

"Jeg kommer."

Et blunkende smilefjes kommer som svar, og jeg ler stille for meg selv. James og jeg er det paret som andre kan synes er litt mye, men jeg ville ikke forandre på noe. Under gate 8A står James sammen med en ansatt som hilser med et kort nikk når jeg kommer frem.

"Jeg skal bare undersøke deg og rullestolen din før dere kan gå gjennom sikkerhetskontrollen." Undersøkelsen innebærer at han tar en liten hvit lapp og går over rullestolen og kroppen min for å sjekke etter noe ulovlig i rullestolen. Jeg har alltid mislikt denne delen av å fly. Mannen gjør en rask sjekk av stolen før han begynner på kroppen min. Jeg holder pusten. Når han nærmer seg ryggen min begynner hånden hans å bevege seg mye langsommere enn før. Jeg må kjempe for å holde ansiktet og pusten nøytral, mens stressnivået i kroppen stiger. Når han kommer til kanten av buksa mi, møter vi blikket til hverandre, og han smiler ekkelt til meg.

Alle alarmer i hodet mitt går av. Jeg finner blikket til James og holder det gjennom hele undersøkelsen. Når vi kommer oss om bord på flyet, og jeg kommer ut av den trange stolen som går mellom setene, klemmer jeg hånden til James, som sitter ved siden av meg. James snur seg mot meg.

"Hva skjedde?"

"Mannen som sjekket stolen min. Han tok hånda si langs buksekanten og smilte ekkelt til meg."

Ansiktsuttrykket til James blir steinhardt.

"Han gjorde hva?!"

Mørke øyne møter mine.

"Du må si ifra, jenta mi. Ingen skal ta fra deg

grensene dine."
Øynene hans mykner, og han stryker tommelen forsiktig over kinnet mitt før han kysser meg lydløst på pannen. Tiden i luften går fort.

Taxien stopper foran et imponerende hotell, og sola skinner varmt idet James åpner bildøra for meg. Jeg er fortsatt litt satt ut etter flyturen, men smilet hans gir meg ro.
"Jeg passer på deg," sier han mykt.

Bygningen ligner et middelshøyt slott, gammelt og sjarmerende på utsiden, men moderne og elegant inni. Jeg blir overrasket over hvor fint alt er. Møblene er nye og stilrene, og hele stedet føles som å tre inn i et eventyr. Bak resepsjonsdisken står en smilende ansatt som ønsker oss velkommen med munter stemme: "Velkommen til Hawaii Strandhotell Resort! Rommet deres er klart. Nyt oppholdet, og ikke nøl med å kontakte oss om dere trenger noe som helst."

Heisen stopper i 6. etasje, og dørene glir opp. To høye vakter står utenfor rommet vårt og hilser formelt.
"Mr. Drew."

Nøkkelkortet piper idet James åpner døren og holder den for meg. Jeg triller inn og blir umiddelbart slått av utsikten.
"Dette er helt utrolig, gutten min. Hvordan klarte du å få et så fantastisk rom – med denne utsikten?"
Jeg beundrer det uendelige blå havet som glitrer i sollyset utenfor vinduet. Speilbildet hans dukker opp i glasset, og jeg kjenner hjertet hans dunke da han kommer tett inntil meg.

"Noen ganger har det sine fordeler å være en kjent artist, jenta mi," svarer han med et lurt smil. Før jeg rekker å svare, tipper han stolen min forsiktig bakover, og et lite hyl slipper ut av meg før han bøyer seg ned og kysser meg.

Kapittel 34

Ettermiddagen og kvelden glir forbi mens jeg ligger på en solseng ved bassengkanten, omgitt av 25 varme grader. Jeg er helt oppslukt i boka, og sidene drar meg inn i en annen verden, helt til jeg plutselig hører lyden av vann som plasker. Når jeg ser opp, kommer James svømmende mot meg med et lekent smil.

"Kan du ikke legge fra deg boka litt og bli med å bade?" spør han med en oppfordrende tone.

"Bare et kapittel til, så kommer jeg", svarer jeg, nesten uten å løfte blikket. Han ser oppgitt ut.

"Du sa det samme for fem kapitler siden! Kom igjen, da."

Jeg smiler for meg selv og holder fokuset i boka, mens lyden av vann som skvulper fra svømmetakene hans fyller ørene mine. Etter en god stund er det plutselig stille. Jeg legger fra meg boka og ser meg rundt. Der, ved en parasoll, står James og stirrer på meg. Han holder blikket fast, som om han venter på noe. Vi ender opp i en stirrekonkurranse. Jeg hever et øyenbryn og smiler lurt. Klarer han å holde fokus? Svaret kommer raskere enn jeg forventet. James løper mot meg, løfter meg opp før jeg rekker å reagere, og hopper i bassenget med meg i armene. Et stort plask omgir oss, og jeg gisper før latteren bryter frem.

"Endelig tok jeg deg," sier han med glitrende øyne.

Jeg lar fingrene gli lett over nakken hans, kiler ham med neglene, og ser hvordan han trekker pusten dypt. Så tar han meg med under vann og planter et kyss som får det til å krible gjennom hele kroppen. I det øyeblikket, mens solen sakte går ned over Hawaii, kjenner jeg at jeg aldri har vært lykkeligere.

Når vi kommer tilbake til rommet, lukker James baderomsdøren bak seg, og lyden av rennende vann fyller luften. Jeg finner en myk badekåpe i skapet og trekker den rundt meg mens jeg lytter til lydene fra baderommet. Nysgjerrig åpner jeg døren på gløtt. Det svake lyset fra telysene som er plassert rundt i rommet skaper en rolig og intim atmosfære. Det føles som om hele verden utenfor er borte. Jeg triller forsiktig bak ham, og varmen fra kroppen hans møter hendene mine idet jeg legger armene rundt midjen hans.

James snur seg langsomt, og blikket hans glir nedover kroppen min. Den lyseblå bikinien jeg har på meg, virker plutselig som det mest naturlige antrekket i verden under hans oppmerksomme blikk. Han smiler og sier lavt.
"Kom her."

Muskuløse armer løfter meg varsomt fra rullestolen, og han bærer meg mot badekaret. Øynene våre møtes, og han holder blikket mitt fast mens han senker meg ned i det varme vannet. Jeg kjenner et behagelig skjelv som går gjennom kroppen idet hans hånd stryker forsiktig over ryggen min, en kjærlig berøring som får pulsen til å stige.
"Er det greit?" spør han mykt.
Jeg nikker, og ser at skummet fra såpen legger seg som et tynt teppe over vannet, skjuler og avslører på samme tid.
Vi har vært sårbare sammen før, men denne gangen føles det annerledes. Mer betydningsfullt. James er mannen min, min trygghet, og akkurat her, i dette øyeblikket, vet jeg at det er helt riktig.

178

Senere på kvelden holder James et godt tak i hånden min mens jeg har en hånd på rullestolen gjennom de sjarmerende gatene på jakt etter et sted å spise. James og jeg har vært her nesten en uke nå, og jeg blir aldri lei av å utforske. De små suvenirbutikkene vi stadig stopper innom, er fulle av så mye fint – Jeg føler meg som et barn i en godtebutikk hver gang vi går forbi et vindu.

Plutselig slipper James hånden min og stopper foran en liten uterestaurant. Jeg følger blikket hans mot et sjarmerende hvitt bygg med blå vinduskarmer. Bordene utenfor er pyntet med diskré belysning som skaper en lun og romantisk stemning, og gjennom de åpne dørene kan jeg se det koselige interiøret.

Han smiler og sier: "Denne restauranten er anbefalt av de lokale her."
Jeg ser på ham og nikker ivrig. Dette stedet føles perfekt – akkurat som resten av denne reisen.

Når vi har funnet oss et bord, fått menyer og lagt inn bestillingen, lar jeg blikket vandre rundt i restauranten. Det er en lun og koselig stemning her, med svak summing av samtaler og lyden av bestikk som klirrer mot tallerkener. To bord nedenfor sitter et eldre par. Det ser ut som de feirer bryllupsdagen sin – mannen åpner en liten eske og tar fram et vakkert smykke. Jeg ser ansiktet til kvinnen lyse opp, og hjertet mitt blir varmt. Det går opp for meg at det er akkurat dette jeg ønsker meg: et ekteskap der flammene fortsatt brenner like sterkt, selv etter mange år sammen.

Jeg flytter blikket fra det eldre paret når servitøren nærmer seg bordet vårt med to dampende tallerkener. "Håper det smaker," sier hun med et smil idet hun setter maten foran oss.

Magen min rumler når jeg ser den saftige burgeren med tilbehør foran meg, men så glir blikket mot James' tallerken. Lasagnen hans har et gyllent ostelokk, og ved siden av ligger sprø hvitløksbagetter som dufter himmelsk. Jeg kjenner umiddelbart at jeg har bestilt feil.

Jeg blir sittende og kaste lange, misunnelige blikk på tallerkenen hans helt til James legger merke til det. Han ler stille og sier: "Kan vi bytte, Viktoria? Det du spiser ser mye bedre ut."

Jeg lyser opp i et bredt smil og skyver tallerkenen min mot ham før han rekker å ombestemme seg. Vi bytter med glede, og jeg nyter hvert eneste lag av den varme lasagnen, mens James, tilsynelatende fornøyd, setter tennene i burgeren.

To små skåler med sjokolademousse står foran oss, og den varme dagen har gitt plass til en sval kveld. Jeg sitter med skjeen i munnen og lar blikket hvile på James. Jeg kan ikke la være å beundre ham. Krøllene hans faller perfekt rundt ansiktet, de kastanjebrune øynene glitrer i lyset fra stearinlysene på bordet, og hele hans personlighet kan lyse opp et rom fullt av mennesker.

Han har på seg en mørk olabukse, en fin hvit skjorte, og en skinnjakke som gir ham den perfekte kombinasjonen av stil og avslappet selvtillit. James er alltid flott, men i dag er det noe spesielt – noe ekstra. Jeg kan ikke helt sette fingeren på det. Kanskje er det bare måten han er på, eller kanskje er det hvordan han ser på meg, som om jeg er det eneste som betyr noe.

Jeg kommer ut av tankene idet jeg legger merke til at han stirrer tilbake på meg, med et blikk som får meg til å kjenne varmen bre seg fra ansiktet og ned i halsen. "Hvorfor ser du sånn på meg?" spør jeg og prøver å lyde uanfektet. I stedet for å svare, lener han seg litt fram og stiller meg et spørsmål som tar meg fullstendig på senga: "Hvorfor valgte du meg?"

Jeg blunker overrasket. "Hva mener du?"

Blikket hans blir alvorlig, en intensitet jeg sjelden ser. "Hvorfor valgte du meg, Viktoria? Når alle guttene står i kø for å få en bit av deg, hvorfor falt valget på meg?"

Hjertet mitt hopper over et slag, og jeg strekker hånden over bordet for å legge den over hans. "Det er vel egentlig jeg som burde stille deg det spørsmålet," sier jeg lavt. "Hvorfor valgte du meg?"

James ser på meg med et fortvilet uttrykk. "Men nå spør jeg deg, Viktoria. Hvorfor valgte du meg i et hav av menn?"

Jeg trekker pusten dypt og møter blikket hans. "Jeg valgte deg fordi du så meg når jeg helst ville gjemme meg bort. Du ser meg uten at jeg trenger å si et ord. Du får meg til å føle meg synlig, sterk – som om jeg kan vokse på måter jeg aldri trodde var mulig."

Jeg ser tårene samle seg i øynene hans.

"Jeg elsker deg fordi du viste meg at jeg er verdt å elske. Du ser forbi alt, og lot meg bli kjent med den ekte deg – mannen bak rampelyset. Derfor valgte jeg deg."

Kapittel 35

Viktoria og jeg er de siste som blir igjen når restauranten stenger. Vi går hånd i hånd tilbake til hotellet, men stemningen føles rar. Det er som om jeg skal eksplodere, uten at jeg vet hvorfor. Jeg har en følelse av at Viktoria kjenner på det samme.

Når vi kommer inn på hotellrommet, legger jeg meg på sengen og prøver å samle tankene. Men før jeg rekker å si noe, ser Viktoria på meg, tydelig fortvilet. "Du har vært stille hele veien, James.Har jeg gjort noe galt? Snakk med meg. Uansett hva det er, så tåler jeg det."

Jeg ser hvordan hun stålsetter seg, og det river i meg. Jeg reiser meg og går rundt sengen til henne. "Viktoria, noen ganger trenger jeg bare å være alene." Ordene henger i lufta som bly. Fargen i ansiktet hennes forsvinner, og skyldfølelsen treffer meg med full kraft. Tårene begynner å trille fra øynene hennes.

"Når Nicholas dro, var jeg livredd for å bli såret igjen", sier hun med stemmen full av smerte. "Du vet hva han gjorde, og hvor vondt jeg hadde da vi møttes. Jeg trengte ikke si noe – du så det på meg. Men at du sier nesten nøyaktig det samme som han sa, gjør meg livredd."

Ropene hennes skjærer gjennom rommet, før hun snur rullestolen mot døren.
"Jeg kommer tilbake etterpå før jeg sier noe jeg

183

angrer på," sier hun, og triller ut døra. Panikken griper meg. Du må gjøre noe. Viktoria kan ikke bli borte nå.

Før jeg rekker å samle tankene, er jeg allerede ved døra. Jeg gjør alt jeg kan for å hindre at Viktoria går. "Slipp," hører jeg henne si med gråtkvalt stemme, men jeg holder fast i håndtakene på stolen. Det blir en dragkamp, en kamp jeg ikke vil ha.

"Slipp taket."
"Nei," sier jeg bestemt. "Du får ikke dra fra meg." Jeg hater at jeg kan høre tårene i stemmen hennes når hun svarer:
"James, hvis du ikke slipper nå, vet jeg ikke hva jeg skal gjøre."

Etter en stund blir grepet om hjulene svakere, og jeg kan slippe stolen. Før Viktoria rekker å reagere, tar jeg kontroll over stolen, snur den rundt, og kysser henne med alt jeg har.

Hun faller sammen i armene mine, og et lett sukk slipper ut. Jeg holder henne tett, kjenner tårene presse på, og ser at genseren min blir våt.
"Det gir meg ikke rett til å heve stemmen mot deg. Jeg har sagt det før, og jeg sier det igjen. Du kan gjøre en million dumme ting, men ingenting kan få meg til å dra fra deg. Det kommer aldri til å skje. Når jeg trenger tid alene, betyr ikke det at jeg vil deg fra deg, men at jeg trenger litt alenetid. "
Vi holder klemmen lenge. Ingen av oss er først til å slippe, og før vi vet ordet av det, har vi sovnet sammen.

Kapittel 36

Den samme natta våkner jeg med en overveldende kvalme. Jeg kjemper meg ut av senga og ruller inn på badet, akkurat tidsnok til å kaste opp. Hva er det som skjer? Tankene mine kverner, og et spørsmål dukker opp: Er jeg gravid? Det kan ikke stemme. Testene jeg tok var negative. Men mensen har enda ikke kommet. Jeg tør ikke tro på det før jeg har tatt en test. Jeg roper på James, og han kommer løpende med en graviditetstest.

Imens vi venter på svaret ser James på meg med håp i blikket.
"Uansett hva testen viser, så elsker jeg deg. Husk det."
Jeg setter på alarmen på mobilen og venter i de tre lange minuttene. Sommerfuglene i magen er viltre, og nervene mine bygger seg opp. Nå skjer det – Jeg skal få vite om jeg er gravid eller ikke.

Lyden av alarmen får meg til å skvette ut av den lille lammelsen som faller over meg når virkeligheten slår meg rett i ansiktet. Når jeg snur på den lille rosa pinnen, vil alt bli annerledes – uansett hva resultatet er. Jeg strekker hånden mot vasken og snur pinnen.

Jeg hyler høyt når jeg ser testen.
"Hva er galt, Viktoria? Snakk med meg!"
Jeg ler gjennom tårene som triller og gir ham testen. James går ned på kne foran meg, ser på meg med tårer i øynene.
"Er det sant?"
Jeg holder hånden hans i mine og trekker pusten dypt.
"Du skal bli pappa, gutten min."
Han ser på meg med øyne fulle av kjærlighet og sier:

"Jeg har aldri sagt dette før, men jeg har drømt om å bli pappa så lenge jeg kan huske. Og du, Viktoria, har gjort den drømmen til virkelighet. Jeg er klar for alt som kommer, så lenge det er med deg."

Dette sier verdens beste mann, mens jeg sitter på dolokket, håret mitt ser forferdelig ut, og jeg kaster opp med jevne mellomrom. Likevel kysser han meg flere ganger. Jeg prøver å forklare at han ikke trenger å være her.
"Jeg bryr meg ikke om hvordan du ser ut akkurat nå, prinsessa mi. Du er perfekt. Vi skal ha barn. Vi skal bli foreldre."
Han stryker meg forsiktig på pannen.
"Vi klarer dette sammen."

Jeg ligger våken lenge før jeg til slutt sovner igjen. Tankene mine holder meg våken. Når sollyset fyller rommet, kommer mannen min inn med to store bæreposer med mat og setter dem på senga.
"Jeg visste ikke hva babyen ville ha, så jeg kjøpte litt av alt."
Smilefjeset hans får meg til å føle meg som om jeg er på vei til verdensrommet og tilbake. Smilet har ikke forsvunnet siden vi fant ut av det i natt. Han har fått et ekstra gir, og jeg elsker det.

Jeg setter meg opp i senga og graver rundt i posene etter noe som kan friste.
"Du har jo kjøpt en hel butikk, jo!" ler jeg. Ikke lenge etter, mens jeg tar en bit av en kanelbolle, er jeg på badet og kaster opp igjen.

James kommer inn på badet og hvisker i øret mitt: "Jeg har en overraskelse til deg senere i dag."

186

Jeg ser på ham med et slitent blikk og sukker.
"Jeg har ikke lyst på noen utflukt i dag."Han ler og
svarer: "Vi kan være ved bassenget hele dagen, og jeg kan
massere deg så mye du vil."
Jeg kjenner at jeg har tapt den diskusjonen.
"Ja vel da, du vinner. Jeg kan ikke motstå når du
ser sånn på meg."
James ler og sier: "Jeg vet det, jenta mi."

Nede ved bassenget finner jeg en solseng, legger meg på
magen og lar solen varme meg. Jeg ler når jeg ser James
komme etter med bæreposer og et skjærebrett full av frukt.
Vi spiser og etterpå går jeg inn i boka mi, men plutselig
blir jeg flau når jeg merker at jeg ligger på ryggen og arr
fra ulykken er synlig. Jeg setter meg opp og ser rett inn i
James' kastanjebrune øyne.
"Jeg så det, Viktoria," sier han. "De er noe du skal være
stolt av, ikke skjule. Vis dem fram."
James bøyer seg ned og kysser forsiktig på magen min.
"Tenk at det vokser et lite menneske der inne."
Jeg ler for meg selv.
"Jeg er en menneskelig kuvøse."

Tankene mine blir avbrutt når jeg plutselig husker: "Vi må
til legen for å sjekke hvordan det går med babyen."
James setter ned fatet ved siden av oss og smiler.
"Selvfølgelig, jenta mi. Jeg tror babyen har det helt
fint inni magen din."

Hver dag blir jeg mer forbauset over hva James får til. Jeg
lurer på hvordan jeg kunne være så heldig. Tankene
forsvinner raskt når han kommer bort til solsengen, bar

overkropp og våt badebukse etter en dukkert. Jeg klarer ikke å skjule at jeg lar blikket gå over kroppen hans. Han ser rett gjennom meg, og utfordrer meg med et løftet øyenbryn.

Senere på kvelden, når vi er tilbake på hotellet, er jeg spent på hva som er på planen. Sommerfuglene i magen er i ferd med å fly. James tar meg på skulderen mens jeg sminker meg, og jeg ser på ham med spørrende blikk.

"Kan du ta på denne?" spør han, og viser meg en vakker kjole.

Jeg blir overrasket.

"Hvor kom den fra?"

Smilet hans vokser.

"Jeg gjemte den nederst i kofferten min."

Jeg tar kjolen og kysser ham lett på leppene. Kort tid etter går vi hånd i hånd ned til stranden.

Kapittel 37

Himmelen er et maleri av farger når vi ankommer. Den kritthvite stranden og det krystallklare, lyseblå havet setter scenen, med store kubbelys tent i sanden. Scott, Kristoffer og Amelia kommer mot meg, og jeg skvetter i stolen. Når kom de hit? Jeg er helt forvirret. Når jeg snur meg, ser jeg at James er borte. Hva skjer?

Scott og Kristoffer løfter meg ut av stolen og fører meg langs stien med lys, med Amelia løpende bak. Før jeg vet ordet av det, ser jeg en prest stå og vente på toppen. James står ved siden av presten og stråler. Sommerfuglene i magen vender tilbake, og når de setter meg ned, er jeg i armene til verdens fineste mann. Rundt oss står de gode menneskene fra vårt liv sammen. Jeg ser Pernille tørke bort tårene, og sammen med Scott på høyre side, og Amelia og Kristoffer på venstre. Det er fantastisk at de er her i dag. Mamma og pappa kunne ikke reise så langt på kort varsel. Jeg smiler så mye at munnvikene gjør vondt, og jeg må stålsette meg for å ikke gråte før presten sier et ord. Blikket mitt glir raskt over den nydelige mannen. Nærheten hans fyller meg med den kjente parfymen hans, og jeg trekker pusten dypt. Den svarte dressen hans har en liten blomst på jakken, og den hvite skjorten er åpen nok til å avsløre den muskuløse kroppen hans. Han er fantastisk.

Presten kremter, og pulsen min skyter i været.
"Velkommen til fornyelsen av løftene Viktoria og

James ga hverandre for ca. et år siden. Denne gangen er vi her på denne vakre stranden på Hawaii. Jeg vet at James og Viktoria setter stor pris på alle som er her og deler dette øyeblikket med dem."

Presten nikker mot James, som står foran meg med et stort smil, møter blikket mitt, og begynner å tale.

"Viktoria, i dag står vi her foran hverandre, akkurat som for ca. et år siden. Kjærligheten jeg har for deg vokser hver dag. Da vi møttes på festivalen, lyste du opp dagen fra første stund. Etter hvert som vi ble kjent, så jeg en jente med et pågangsmot og en vilje som ingen andre. Jeg lover å aldri slutte å vise hvor mye jeg setter pris på deg. Jeg skal alltid være mannen som står med åpne armer når du kommer hjem, uansett om du bare har vært i butikken."

Tårene triller nedover kinnene mine, og han fortsetter:

"Jeg lover å aldri slutte å kjempe for deg. Jeg gleder meg til å se hvor livet tar oss."

Mannen med de kastanjebrune øynene blir stille, og jeg innser at det er min tur til å tale, men hjernen min er helt tom. Jeg lukker øynene, og plutselig er det bare James jeg ser. Ordene kommer lett.

"Dagen vi møttes, kommer jeg aldri til å glemme. Det var dagen jeg sluttet å være usynlig. Du så meg. Jeg hadde nettopp kommet ut av et brudd, og for første gang på lenge var det noen som så meg for den jeg er, ikke bare det andre ser. James, du tok meg imot med åpne armer, og jeg følte at hjertet mitt, som hadde vært steinhardt, lå trygt i dine hender. I dag lover jeg deg at jeg alltid skal være den jenta du viser meg at du elsker. Jeg lover å være med på alt det sprøe du foreslår. Jeg lover å gå inn i mammarollen med stolthet. Jeg er så heldig som får være din støttespiller i livet. Jeg elsker å se lidenskapen du legger i alt du gjør, og jeg gleder meg til å gå videre i livet med deg."

Tårene presser på, og jeg klarer ikke å holde dem tilbake lenger.

"James, du viste meg at jeg er verdt å elske. Ubevisst reparerte du hjertet mitt. Steinene er borte, og såret er helet. Jeg lover at jeg fortsatt er hodestups forelsket i deg, og jeg elsker deg og vår lille familie."

Boblen sprekker når jeg bryter øyekontakten med James, ser ned på magen min og stryker forsiktig over den. Han legger en varm hånd over min og ser på meg med et søtt smil.

Stranden er stille i flere minutter, og det eneste som høres, er havet som skulper i sandkanten. Det er utrolig fredelig. Plutselig roper Pernille høyt:
"Jeg skal bli bestemor!"
Først da går det opp for alle hva som er i vente. Presten smiler og sier med et stille;
"Gratulerer," før han hever stemmen: "Dere skal få gratulere dem, men først skal James få kysse sin vakre brud en gang til."

Mannen foran meg løfter meg opp med en rask bevegelse, møter blikket mitt og kysser meg.

Flere dager etter løftefornyelsen går flyet hjem, så vi står opp tidlig for å unngå pakkestress. Klokken tolv er vi ferdige med pakkingen og klare til lunsj. Vi går på samme restaurant som tidligere i ferien. Alt føles litt mer anstrengende. Hverdagslige ting blir vanskeligere, og balansen er utfordrende, selv om jeg bare er i første del av graviditeten.

Rett før servitøren legger menyene på bordet vårt, ser jeg på James.
"Jeg klarer ikke sitte i stolen lenger."
Uten å si et ord, reiser han seg, henter en stol fra et annet bord og hjelper meg til en mer behagelig stilling. Jeg sitter i egne tanker da han legger en hånd under haken min og ser på meg.
"Hva var det beste med turen, jenta mi?" spør han.
Jeg svarer raskt.
"Kvalitetstid med deg, og at vi har en gave å se frem til når vi kommer hjem. Jeg gleder meg til å møte den lille."

James lener seg over bordet, drar ansiktet mitt nærmere og kysser meg. Servitøren kommer tilbake og ser sjokkert på oss når han ser at rullestolen er borte. Jeg må le, men holder meg. Jeg bestiller en Club Sandwich og håper jeg klarer å få i meg noe. Morgenkvalmen er borte, men jeg føler meg fortsatt kvalm flere ganger om dagen. James bestiller kyllingsalat, og vi tar god tid på å spise.

Senere er vi på flyplassen og på vei hjem. Vi går på flyet først. Følelsen jeg har etter ferien er helt fantastisk. Jeg sovner fort når vi har funnet setene våre i flyet.

Kapittel 38

Endelig tilbake på norsk jord! Vi kjører ut fra flyplassen, og jeg kjenner hvor klar jeg er for å komme hjem. Luften føles friskere, og tanken på vårt lille hjem gjør meg varm innvendig.

Snart svinger vi inn til hytta i skogen, og akkurat idet jeg skal sette meg i rullestolen, kjenner jeg to sterke armer løfte meg opp. Før jeg rekker å protestere, bærer han meg over terskelen i et perfekt prinsesseløft. Suget i magen tar meg fullstendig på senga – hvor kom den følelsen fra?

I døra står Tassen og logrer som en gal. Jeg lener meg inn i armene til James, tar ansiktet hans mellom hendene mine og ser ham rett i øynene.
"Du vet at jeg fint kan trille inn døra selv, sant?"
Sier jeg ertende, før jeg stjeler et langt kyss. James er virkelig drømmemannen min. Tenk at vi skal bli foreldre! Han ser på meg med det lure blikket sitt, legger hodet litt på skakke og smiler.

"Kanskje rullestolen kan stå i gangen i natt? Hva tenker du?"
Jeg trekker pusten skarpt og sender ham et overdrevent fortvilet blikk.
"Jeg er hjelpeløs uten stolen, det vet du," sier jeg, med akkurat nok drama i stemmen til å få ham til å le.

Han smiler varmt og trekker meg enda nærmere.
"Du er prinsessa mi, Viktoria. La meg få ta vare på deg før babyen kommer. Du fortjener det."
Ordene hans får meg til å smelte fullstendig.

Ettermiddagen etter sitter vi på sykehuset og venter på å bli ropt opp av Dr. Sloan. Mens vi sitter der, ruller livet mitt forbi i tankene, som en film i hodet. Det føles som å være i en tidsmaskin – alle årene med Nickolas som ikke bare var gode.

Nå sitter jeg her, i et nytt liv som jeg og James har skapt sammen Alt som har ført meg hit. Nå sitter jeg her, med et barn i magen, og kjenner frykten krype inn. Tenk hvis jeg ødelegger alt? Hvis jeg ikke får til dette? Hva gjør jeg hvis jeg ikke egner meg som mamma?

James legger hånden sin over min.
"Vi skal inn nå," sier han mykt, men jeg hører nervene i stemmen hans.

Jeg har mistet tellingen på hvor mange ganger vi har gått opp og ned disse gangene. Sykehuset føles som et andre hjem nå. Men alt føles annerledes nå som jeg er gravid. Jeg vet at hadde det ikke vært for James, hadde jeg aldri klart å gå inn på rommet. Nervøsiteten min er den eneste følelsen jeg har plass til akkurat nå.

Jeg legger meg på benken mens Dr. Sloan setter seg i kontorstolen og finner navnet mitt på dataskjermen. Han kremter før han smiler vennlig.
"Så, jeg hørte at dere har fornyet bryllupsløftene. Gratulerer igjen!"

James står ved siden av meg og holder hånden min idet den kalde geleen kommer på magen. Jeg skvetter litt, men han klemmer hånden min beroligende.

"Skal vi se om babyen vil vise seg fram", sier legen, mens han begynner å føre ultralydkontrollen over magen min.

Det føles som en evighet før vi får noe som helst reaksjon. Hver millimeter han undersøker, forsterker nervene mine. Jeg holder pusten og stirrer på skjermen, desperat etter et glimt av noe – en bevegelse, en lyd og et tegn.

Plutselig ser Dr. Sloan overrasket på den lille skjermen, og nervene mine går i helspenn. Jeg kjenner at panikken bygger seg opp. "Ikke gå rundt grøten" sier jeg raskt. "Jeg trenger å vite om babyen har det bra."

Han møter blikket mitt med et rolig uttrykk. "Det ser ut som du har to friske babyer i magen, Viktoria. Dere skal få tvillinger. Gratulerer så mye!"

Ordene hans treffer meg som et sjokk, men tankene mine klarer ikke å gripe tak i dem. Én setning gjentar seg om og om igjen i hodet mitt: Dere skal ha tvillinger. Tiden står stille. Jeg klarer ikke å holde fokus, og pulsen min skyter i været. Ikke få panikkanfall nå, Viktoria. Ikke nå.

James merker det med en gang. Han holder øyekontakten med meg, trygt og fast, helt til jeg kjenner pusten stabilisere seg. Men da kommer tårene.
"Jeg hadde akkurat funnet roen med tanken på én baby," sier jeg med skjelvende stemme. "Hvordan skal jeg klare å ta vare på to?"

James klemmer hånden min hardt, og jeg ser på ham gjennom tårene. Han prøver å smile, men jeg ser nervene hans også. Før jeg rekker å si mer, avbryter Dr. Sloan med en myk stemme: "Viktoria, du er ikke alene. Du har en mann som er hodestups forelsket i deg og allerede elsker disse babyene kjempehøyt. Og jeg er her for dere hele veien. Dette er en reise vi tar sammen. Dere skal klare dette."

Jeg kjenner klumpen i halsen løsne litt. Selv om frykten fortsatt river i meg, er det noe i måten James ser på meg – og i Dr. Sloans ord – som gir meg et snev av håp.

Vi snakker lenge med legen og blir enige om tett oppfølging fram til fødselen. I dag ser alt veldig bra ut, og det gir oss litt ro – i hvert fall akkurat der og da.

På bilturen hjem er det helt stille. Ingen av oss sier noe. Vi bare sitter der, fanget i våre egne tanker. Først når vi kommer hjem, og jeg er alene på soverommet, går det virkelig opp for meg hva legen sa. Panikken slår over meg som en bølge, og tårene begynner å renne ukontrollert. Jeg hulker så høyt at James kommer løpende inn døra. Han stopper brått opp når han ser meg, og blikket vårt møtes. Det er som om jeg virkelig bryter sammen i det øyeblikket.

"Hva om jeg ikke er klar til å bli mamma? Hva om kroppen min ikke klarer det? James, aner du hvor redd og stressa jeg er? "Hva om noe går galt, og vi mister tvillingene?"

Ordene bare velter ut, og jeg klarer ikke å stoppe dem. Kroppen rister, og frykten er altoppslukende.

James setter seg rolig på sengekanten ved siden av meg. Han legger en hånd på ryggen min og stryker meg

langsomt, nesten som om han prøver å dempe stormen inni meg.
"Sloan er en veldig dyktig lege, jenta mi," sier han med rolig stemme. "Han passer på babyene og oss. Og husk, han er bare en telefon unna." Hvis noe skjer, ringer vi ham med en gang."

Jeg rister på hodet mens tårene fortsatt renner.
"Jeg er livredd, James," hvisker jeg.

Han tar ansiktet mitt i hendene sine og løfter det forsiktig opp, slik at øynene våre møtes. Blikket hans er varmt og fullt av kjærlighet.
"Viktoria, jeg klarer ikke sette ord på hvor mye jeg elsker deg. Du kommer til å bli verdens beste mamma, det vet jeg. Jeg er også redd, men jeg vet at vi klarer dette sammen."

Usikkerheten min må fortsatt være tydelig, for han trekker meg nærmere og kysser meg forsiktig i pannen.
"Vi klarer alt, så lenge vi er sammen." sier han lavt.

Og i det øyeblikket, med hendene hans rundt ansiktet mitt og ordene hans som et trygt anker, kjenner jeg at stormen inni meg begynner å stilne – bare litt. For første gang på lenge føles det som om alt faktisk kan gå bra, så lenge vi har hverandre.

Takk.

Tusen takk til alle som har vært med å gi gode oppmuntringer og god oppfølging når jeg har skrevet denne boka. Jeg hadde ikke fått det til uten dere, så tusen hjertelig takk!